博物学书架

追踪大熊猫

Trailing
the
Giant Panda

THEODORE ROOSEVELT
&
KERMIT ROOSEVELT

［美］小西奥多·罗斯福
［美］克米特·罗斯福 著

高蕴华 译

北京出版集团
北京出版社

图书在版编目（CIP）数据

追踪大熊猫 /（美）小西奥多·罗斯福（Theodore Roosevelt），（美）克米特·罗斯福（Kermit Roosevelt）著；高蕴华译. — 北京 ：北京出版社，2023.3
（博物学书架）
ISBN 978-7-200-13555-8

Ⅰ．①追… Ⅱ．①小… ②克… ③高… Ⅲ．①日记—作品集—美国—现代 Ⅳ．①I712.65

中国版本图书馆CIP数据核字（2017）第282484号

（博物学书架）
追踪大熊猫
ZHUIZONG DAXIONGMAO
　　［美］小西奥多·罗斯福（Theodore Roosevelt）
　　［美］克米特·罗斯福（Kermit Roosevelt）　著
高蕴华　译

出　　版	北京出版集团	
	北京出版社	
地　　址	北京北三环中路 6 号	
邮　　编	100120	
网　　址	www.bph.com.cn	
总 发 行	北京出版集团	
印　　刷	北京华联印刷有限公司	
经　　销	新华书店	
开　　本	880 毫米 ×1230 毫米　1/16	
印　　张	13.5	
字　　数	171 千字	
版　　次	2023 年 3 月第 1 版	
印　　次	2023 年 3 月第 1 次印刷	
书　　号	ISBN 978-7-200-13555-8	
定　　价	88.00 元	

如有印装质量问题，由本社负责调换
质量监督电话　010-58572393

目 录

第一章　起航 001
　　　　小西奥多·罗斯福

第二章　关山度 015
　　　　克米特·罗斯福

第三章　中国的后门 028
　　　　小西奥多·罗斯福

第四章　云之南 047
　　　　克米特·罗斯福

第五章　木里王国 069
　　　　小西奥多·罗斯福

第六章　漫游打箭炉 100
　　　　克米特·罗斯福

第七章　佩尔·大卫之城 123
　　　　小西奥多·罗斯福

第八章　"高了！低了！开枪！命中！" 144
　　　　克米特·罗斯福

第九章　结束追踪.. 169
　　　　小西奥多·罗斯福

　　　　附录A 190
　　　　附录B 197
　　　　索引.. 202

第一章　启航

（小西奥多·罗斯福）

罗圈腿约翰尼，收拾行装上路啰。

——吉普林

我们从上次到帕米尔（Pamirs）探险回来已经有些时日，一切都像5月的清晨一样平静惬意，似乎没有什么比一家人生活在牡蛎湾（Oyster Bay）更能令人向往了。那里有许许多多有趣的事等待我们去做，日子就像电影里的情景一样一天天地过去。

不知不觉间已经过了一年多，忽然有一天，一种陌生而又熟悉的声音开始在我耳边低语。地球上大山高原上的精灵，从裸露的巨石和如云的雪峰上，向我暗示着在暴风雪中胡须上、脸上结了冰的日子；荒漠里的精灵向我吟唱着旷野里狂沙和烈日之歌。已经很久了，我已经决绝地将这些精灵的折腾置之脑后，不闻不问。

然而一夜间情况发生了变化。一天晚上克米特和我两人在一起，没有别人。我发现他也一直在聆听那些声音。"堕落"就这样发生了，而且一发不可收拾。很快我们就开始经常与那些悄无声息来到纽约（New York）的皮肤褐色、身形消瘦的人一起吃午餐，这些人与驾着车子横穿非洲、晚上投宿富丽堂皇的饭店的旅游者可大不一样。这些人是先遣队，他们要去的地方荒无人烟、缺少食物，只能步行，时常与危险同行。

我们想都没想就开始讨论我们下一步该到哪儿去探险。我们自然而然地去找地图上空白处，那里有用虚线标注的干涸了的河谷、上面印着"无名"的白色斑块区域。这样的区域已经比20年前少了很多，也许正因为如此，那些地方的召唤才让人无法抗拒。我们想穿过婆罗洲（Borneo）①，但就在我们想去徒步探险的时候，我们听说在我们之前已经有人去过了，所以我们转而商讨到安哥拉（Angola）去猎取新奇的可能。

最终我们的目光盯在了亚洲的印度支那（Indo-China）西北部地区，那里巍峨的喜马拉雅山（Himalayas）余脉缓缓逶迤成热带沿海平原。布拉马普特拉河（Brahmaputra）②、伊洛瓦底江（Irrawaddy）、萨尔温江（Salween）③、湄公河（Mekong）④、扬子江（Yangtze，长江）5条大河在这壁立千仞的崇山峻岭间切开一道道河谷，奔向大海。在入海口处，5条江之间相隔千里。扬子江在上海（Shanghai）注入太平洋（Pacific Ocean），而布拉马普特拉河平静而混浊的江水横穿印度（India）后却在孟加拉湾（the Bay of Bengal）投入大海的怀抱，两者相距数千英里，可是当它们咆哮着冲过崇山峻岭时，两者相距有时仅40英里。

我们的计划渐渐有了雏形。克米特和我计划向北进入那个区域，或经西藏（Tibet），或抄由缅甸（Burma）⑤通向云南的古老的八莫—大理府小道（Bhamo-Talifu）。途经无名区域时，我们会绘制地图，一旦到达尽可能远的腹地，我们就收集当地的动物标本。

我们这次探险的"金羊毛"（最有价值的部分）是大熊猫（giant panda）。猫熊（*Aeluropus melanoleucus*）是这种动物的学名。大熊猫生活在中国四川（Szechuan）山区密密的竹林里，当局似乎都认为，迄今为止熊猫还没有被任何白人猎杀过。60年前法国传教士科学家佩尔·大卫（Père David）从穆坪⑥（Muping）当地居民手中获得熊猫皮而发现了大熊猫。这种野兽与一般的熊大小相仿，身上的颜色却十分醒目。它的眼睛周围有一圈黑色，就像戴了一副墨镜，黑色耳朵，肩部和前腿有大片黑色，身上其余部分均为白色。没有人知道应该如何对其进行动物学分类。它到底是熊，还是猫熊，抑或完全是一新物种？包括佩雷拉将军（General Pereira）、欧内斯特·威尔逊（Ernest Wilson）、扎佩（Zappey），以及麦克尼尔（McNeill）在内的一代又一代探险家都寻觅过它的踪迹，但都无功而返。我们也没有多少把握，把握少到我们都不愿意让我们最亲近的朋友知道我们这次探险的真正目的。我们对它知之甚少，它生活的范围、它的习性都是个谜。我们的疑虑比当年伊阿宋（Jason）的疑虑更甚。

除了熊猫，还有不计其数令我们着迷的动物。有种叫作羚牛（takin）的奇异生物，长得既像山羊，又像羚羊。它生活在深山之中，虽然外表看似笨拙，事实上却出人意料的机敏。它长着长毛，有些品种毛色发黄。中国人称之为"野牛"。我们这次想要找到的这种动物的学名为羚牛（*Budorcas taxicolor*），它的名字和它本尊一样怪异。现如今居住在好莱坞的梅森·米切尔（Mason Mitchell），是第一个射杀到羚牛的西部物种并获得其标本的西方人。

和羚牛一样，引起我们巨大兴趣的还有金丝猴（the golden monkey）。它生活在冰冷刺骨的森林地带，那里每年有长达5个月的时间都被厚厚的积雪所覆盖。金丝猴的毛发，尤其是年长的雄性金丝猴的毛发十分漂亮。它的毛色由黄色到饱满的黄褐色再到雪白色。据我所知，没有任何一家博物馆收藏着这样的物种。

最后还有一种鲜为人知的鹿（McNeill's stag），它是生活在最北部的黑鹿（sambhur）的代表物种。还有喜马拉雅羊（burrhel）、鬣羚（serow）和斑羚（ghoral），迄今人们所收集到的这类动物的标本不超过一打。

不论我们沿途能够收集到一些小型哺乳动物，还是能够射杀一些鸟类，毋庸置疑的是，它们都具有极高的科学价值。四川有许多羽毛鲜艳夺目的雉鸡（pheasant），尤其是一种叫作白腹锦鸡（Lady Amherst）的，看起来就像是用白银塑造的一般。

当我们结束行程之时，会迂回前进，然后前往印度支那南部的群山之中，在那里我们将结束我们此次探险的第一回合。我们即将造访的地方是世界上最佳的捕猎地区之一。雨林里面有大象、水牛、"sledang"、"banting"、虎类、猎豹和各种鹿。有谣言说一个白人在后面的深山里发现了熊氏鹿（Schomburgk's deer）的活体或尸体。

我们还认为最好要有一群训练有素的博物学家在印度支那地区，这样可以获得完整的鸟类和小型哺乳动物的标本。

一旦计划成形，探险活动的资助问题就凸显出来。克米特和我囊中羞涩，没有足够的资金支撑这一行程的所有花费。我们决定前往芝加哥（Chicago），将这一计划告知我们的老伙计斯坦利·菲尔德（Stanley Field），他是菲尔德自然历史博物馆（Field Museum of Natural History）的主席，我们可是为了他才去找大角羊（*Ovis poli*）的。

我们刚向菲尔德先生提起那个计划，他就兴奋起来。当天晚上他就在家中设宴款待我们。在那里，我们碰到了威廉·V. 凯利（William V Kelly），那是一位慷慨大方的博物馆赞助人。我们向他提及了那个计划，他毫不犹豫地告知我们，他会坚定不移地支持我们，并向我们的探险计划提供资金支持。

翌日清晨，凯利–罗斯福–菲尔德博物馆考察队就落实了。即便如此，仍然有许多障碍需要克服。首先要跟我们的亲人商量。说我们的妻子们对我们的主意抱有极大的热情完全是夸大其词。她们没有兴趣，但无论是说服她们还是去探险都是比赛项目。婚礼仪式上的"不论好坏"的誓词言犹在耳，最终，她们同意放行。

资金一到位，我们就要求隋丹·卡汀（Suydan Cutting）和我们同行。在最后一次去中亚时，他和我们在一起。之后他自己有过两次探险，一次去了阿比西尼亚（Abyssinia）⑦，另一次去了阿萨姆邦的那加丘陵（the Naga Hills in Assam）。在危险或艰难面前，没有人比他更为坚强。他是一位具有大无畏精神的人。无论希望多么渺茫，他都会坚强地站在那里。

我们俩都无法在11月中旬之前开始我们的行程——克米特要照看

小西奥多·罗斯福、卡尔·隋丹·卡汀、克米特·罗斯福（从左至右）到达云南

他的运输生意，而我要关注总统选举，在大选期间，我希望能够尽我所能地支持胡佛先生（Mr. Hoover）。但是，尽管离出发还有6个月之久，我们还有许多工作有待完成。当然了，第一件事，要获得前往那么多国家的许可。这可不是件容易的事。毕竟我们想要造访的地区实在过于遥远，几乎毫无公正可言。如果有那么一件让政府为之尴尬的事情，莫过于在某些他们无法掌控的偏远省份对外国人所实施的暴行。如果他们自己国家的某个公民被袭击，调停所有的事情都易如反掌。事实摆在那里而且显而易见，受害者只要享有自己的公民权即可解决。如果有个外国人掺和进来，所有的事情就不一样了。他们政府提出了疑问。媒体在吸引眼球的头版头条上渲染整个事情，直到有本地的谋杀案或者出名的因绯闻而离婚的事情才得以淡化。最终，这件事情就转变成为一次带有惩罚性质的、价格高昂的冒险活动。

因此，一开始，我们要与之打交道的政府很自然地拒绝了我们的请求。在那个时节，也许主要是因为通过我们的朋友认识的一位好心的官员赵楚梧⑧，中国政府同意了我们的请求。之后英国外交部非常客气地将我们申请穿过西藏的许可转给达赖喇嘛（Dalai Lama）。在东方所有的事情进展得非常缓慢，有很长一段时间我们对情况一无所知。

同时，我们也在积极地组织安排。我们询问了英国科学家赫伯特·史蒂文斯（Herbert Stevens）——他花了大量时间在阿萨姆（Assam）和印度支那进行搜集工作——是否能够成为我们中国一行的成员。我们还询问了波士顿的哈罗德·库利奇（Harold Coolidge），一位训练有素的博物学家，在印度支那带领科学家团队。为了组建这支科学家团队，我们邀请了来自布鲁克林的拉塞尔·亨迪（Russell Hendee）、密歇根大学的乔斯林·凡·泰恩（Josslyn VanTyne）和波士顿的拉尔夫·维尔勒⑨博士（Dr. Ralph Wheeler）。

所有这些人都在遥远的地方进行过冒险活动。库利奇尽管只有26岁，但是已经在北方和非洲进行过搜集活动。在非洲，一群大猩猩向他冲过来，在他面前嘶吼，还把他面前的灌木丛踩了个稀巴烂。在他停留过的地方，动物们从来没有被白人打扰过。动物们也不害怕那些赤身裸体、使用低劣防身武器的本地土著。它们会跑到玉米田里，如果当地农夫试图赶走它们，它们就会攻击农夫，并用它们强有力的前肢把农夫撕碎。

与此同时，我们也购买了装备。没有什么是比为探险活动购置装备更加快活的事情了。每一个物件的购置都意味着可能带来快感。我们流连过的商店里，空气中弥漫着枪油的气味，陈列在玻璃柜后方的蓝色的来复枪管看起来就像装载在战舰引擎上一尘不染的操纵杆。我们和不计其数的人探讨我们所需装备的细节。我们前往美国地理协会，以赛亚·鲍曼博士（Dr. Isaiah Bowman）手把手地教会我们在未知地区绘制地图所使用的器具和办法。

最终我们敲定了一系列斯普林菲尔德（Springfield）步枪，是运动款。它们的火力足以对付几乎所有的猎物。克米特曾经用它射死过一头非洲大象。傻子都能用，当地人也能用。不论是在沙漠的沙砾中还是在热带雨林的瓢泼大雨的环境下，这种枪栓都能运作自如。最重要的是，这种枪的重量只有7磅多，这可真是设身处地地为那些在必要时自己扛着来复枪的人着想。哪怕是一丁点儿多余的重量对那些在艰苦的地方打猎的人而言都是重若磐石，这一点儿都不令人感到意外。

我们还添置了两支410口径的霰弹枪。这种枪支的子弹很轻，这样射程可以比一支大一号的远得多，弹孔的大小不会造成任何差别。在探险中，若非不得已，我们绝对不会打飞靶，探险过程中每一盎司都是实实在在的分量。我们也没有机会发挥运动员精神来射击鸟类。在探险中，我们更喜欢射杀地上的小鸟，尤其是成团缩瑟在地上的那种。有一次，我在向6只山鹑前进的时候，一位西方的老朋友对我大喊："别卖弄你的射击技巧了，直接开枪，伙计！"

为了以防万一，我们每个人都配一把0.38口径的柯尔特（Colt）自动手枪和可以放在腋下的手枪皮套。这种持枪方式有特别的好处，隐藏武器就不会冒犯敏感的主人。还有更重要的一点是，必要的时候它可以闪电般地抽出来。许多长眠于此的人是因为他们在面临生死攸关的那一刻未能抽出他们的手枪。

我们选择了三顶轻型帐篷，尺寸为6英尺×9英尺，内部缝有防潮垫，可以抵御冬天的刺骨寒风。至于卧具我们则带上了上次出行使用的军用睡袋。

安东尼·菲亚拉（Anthony Fiala）是一位非凡的极地探险家，曾经随我父亲去过巴西，他用轻而结实的纤维箱子包装我们的食品补给。每个箱子在打包时都有50磅的重量。

至于衣服，我们带上了短裤、卡其衬衣、厚长裤、皮外套，还有短袖等。我们把我们能想到会遭遇的从潮热的雨林到干冷刺骨的高山各种气候条件都考虑了进去。考虑到某些正式场合，比如和当地官员共同进餐或者被他们召见，我们还带了马裤，那是一种发源于印度的骑马时穿的紧身长裤。

我们特别予以关注的另外一宗装备是送给当地人的一系列礼物。在我们购买的礼物当中包括一打灰绿色的洪堡软毡帽，这种帽子在西藏备受推崇。我们还买到了可以自动发电的那种机械手电筒、手表、钢卷尺、刀具、折叠凳和一打其他的零碎物件。

至于送给最尊贵的人物的礼物，隋丹买了半打绿松石戒指。在喜马拉雅的高山要塞地区，绿松石是最有价值的宝石。有些地方，妇女们有佩戴绿松石头饰的传统，她们用布穿成一长条挂在头上，人们认为布条头饰上的绿松石代表着妇女们的嫁妆。

在内地，庆典和炫耀很受重视。如果我们能够参加某些美洲当地酋长秘密组织的入会庆典，我肯定他们会把自己的女儿嫁给我，并且给我半个王国作为陪嫁。了解了这一点，克米特和我考虑到我们需要一些解决方案。最终我们敲定了一个方案。我们回忆到在军队集结待发之时，军乐奏响，军官或某些男士向前进军的时刻。我们仍然记得正在走近的法国将军，身着灿烂的知更鸟蛋蓝色服装，留着络腮胡的情形；我们还记得英雄脖子上环绕着绯红色的缎带以及印在双颊上令人尴尬的亲吻。因此，我到纽约戏剧用品商店购买了一打吊在缎带上的勋章，它们绚丽多彩，如同沙漠落日那般耀眼夺目。

最受我们关注的遗留问题是翻译。曾经跟随时尚，我们都会说印度斯坦语，然而那种语言在印度和缅甸边界却无甚价值。我们两人都不会说汉语，那是一种在我们即将到访的国家大部分地域都在使用的官方语言。这只是故事的前一半，由于当地人有大约20种不同的方言，我们必须依靠向导和信息才能完成。我们最先试图找到一位成千上万人都知道，或者至少眼熟的人，克鲁（Kru），电影《畅》（Chang）[⑩]的主人公。他是一名信奉基督教的掸人[⑪]，他曾经在上暹罗追随梅里奥·库珀（Merion Cooper）两年之久。他会说绝大多数的方言而且一点都不害怕，然而我们没能找到他，我们电报联系的暹罗人告知我们克鲁参加云南的任务时被土匪威胁，他现在需要保护。

这真是坏消息。没有比旅行者在一个陌生国度，不会说当地语言，也没有可信赖的翻译更加无助的事情了。他时不时被人欺骗，他被告知由于交通不便，不能前往他想去的地方，而真正原因是翻译不愿意去那里。

正在此时，命运过来助了我们一臂之力。一名年轻人前来，他携带了一封中国部长的信件，要求和我们一同前往。他叫杰克·杨[⑫]（Jack Young）。他告诉我们，他虽然出生在美国，但是在中国政府当工程师。工作地点离我们即将前往的地方不远。他不仅会说汉语，还会说多种方言。这是一位20多岁，身体瘦削，长相清秀的男孩。我们立刻和他达成交易，之后将他送到芝加哥，在那里博物馆会给他上强化课程，教给他如何给鸟类和小型哺乳动物剥皮（制作标本），后来我们把他送到我弟弟名下的一艘船上，这艘船得到指令在加尔各答（Calcutta）与我们会合。

至此，我们的计划都已经明确，是时候让博物馆向公众宣布了。消息宣布之后的第二天，记者们前往纽约的美国博物馆和我们会面。在那里，我们正在温习如何剥去一些鸟和老鼠的皮之后制成动物标本。

科学家们通常生活在自己的狭小天地里，在外行眼里这着实非常怪异。我们正站在走廊里和报界人士交谈，一位蓄着雪白长须的老人直冲过来，说道："上校，我是多么嫉妒你们能去有那种漂亮猴子的地方啊！"立刻就有一位记者，嗅到了有可能发生的故事，问道："是哪种猴子？"

我的科学家朋友"嗤"了一声，答道"当然是金丝猴！我在楼下放了个笼子等着它们"就匆匆离去。报界的人们一齐转向我，"他们在那里朝拜猴子吗？""不是那里，而是这里！"我如是答道。

一旦报界披露此事，我的办公室里信札纷至沓来。不论性别，无关年龄，每个人似乎都想和我一同前往，一队男童子军想充当团体志愿者。我的一个小堂弟给克米特写了一封信：

亲爱的堂兄克米特：
  我一直想参加在野外捕猎或者类似的探险，但是我从来都没有机会。我想跟随你们的探险队一起去。我在报纸上看到你又要去探险了。所以我想看看能不能在我有生之年去一次荒野。我把它们叫成荒野是因为我不知道还可以怎么称呼它们。我11岁了，我主要的工作是去学校，但是那里特恶心。我和其他男孩子搭了好多小屋，挖了好些隧道。

          爱你的
          丹尼尔·S.罗斯福
          库里奇街
          戴德海姆 麻省

一位姑娘写道："我今年18岁了，我总想去看世界，这次我的机会来了。"另一封信在开头写着："好吧，上校，我们何时出发？"许多写信的人似乎感觉他们志愿参加这项工作而且不需要酬金，参加探险就十拿九稳了，但是他们不会被我们接受。我的秘书一直忙着打印回函，告知他们所有的人员都已甄选完毕，而且只有经过培训的科学家才能成行。

除此之外，还有信的主人希望我们在返程时能够带给他们礼物。他们的要求从"留作纪念的小型活体动物"，到狂热的垂钓者索要的鸟羽毛，那种羽毛可以制成在宾夕法尼亚（Pennsylvania）钓鳟鱼时使用的干蝇。有一位写信的人，是一位女士，谦逊地要"一个珍贵的中国瓷器"。

索要礼物的人数和送给我们礼物的人数几乎可以匹敌。一位男士送给我们一卷"永远不会断"的绳索。还有大量药品。许多药品十分古怪，就像是从希波克拉底那里找到的。被巫医拍摸过的药品和注册的执业医师给我的一样多。我收到了一颗七叶树种子，宣称如果我在穿越喜马拉雅山时把它放在口袋里，我就不会得风湿病。礼物的最高潮部分是一位熟人寄给我一只兔子脚，说它曾让他的父亲"安全渡过两次沉船事故"。

最后几周工作特别繁忙，日子就像特快列车般闪过。我每天要为胡佛先生做2~3次演讲，还要经常在夜晚奔波。克米特完成了一些生意安排。隋丹倒是唯一能够心无旁骛投入到这次旅行的人。不知不觉间，10月10日就到来了，我们乘坐的是前往英格兰的"荷马时代号"（*Homeric*），前行的路途颠簸。我们的妻子们都决定和我们一起前往欧洲。幸运的是，她们都是好海员。几乎在每个晚上，箱子和包裹都会在我们的特等舱里玩捉迷藏。吃饭的时候，食品和饮料会从桌子上跳到我们的腿上。在风暴最肆虐的时候，我们收到了冷酷的通知，暴风雨如此巨大，现代科技也无法保证每次旅行都是安全的。我们接收到命运不济的"维斯特里斯号"（*Vestris*）的紧急求救信号。然而不幸的是我们相距太远，所以无法提供任何帮助。

我们在伦敦（London）待了两天。我造访了南肯辛顿博物馆（South Kensington Museum），在那里，他们将自己知道的所有关于大熊猫的信息都毫无保留地传授于我。阿瑟·欣克斯（Arthur Hinks）先生，时任皇家地理学会秘书（Secretary of the Royal Geographic Society），最为好心，不辞辛劳地在他们的记录里为我们查找数据。一天晚上，阿瑟·韦尔奈（Arthur Vernay）——他是一名大型猎物猎手——设宴款待我们。赴宴者是令人愉快的科学家和运动员的组合。他们中有两人曾在1905年跟随弗兰西斯·荣赫鹏爵士（Sir Francis Younghusband）的首支英国远征军前往拉萨（Lhasa）。还有一人是退役的英国海军上将，是鸟类和蚤类研究的权威。

在巴黎（Paris）我们又多盘桓了两天。在那里见到了让·德拉库尔先生（M. Jean Delacour），我们最后一次关于印度支那的交谈是以我们的探险收尾的。我们还买了一些我们想要寻找的鸟类的彩色图片。获得猎物通常是和寻找它们的栖息地有极大关系。有些被认为极其珍贵甚至于几乎绝种的动物，而博物馆里收藏到的唯一的皮毛是在当地人手中购买的。然而之后有人误入了动物栖息地，发现物种繁盛，只是它们住在不为人所知的地方而已。发生这种事情的原因有两种。第一种是在偏僻的国家，那些详细信息无法传播到远处。部落居民离那种动物居住的地方有上百英里远，他们对在哪里可以找到那些动物毫不知情。第二种原因是没有得力的翻译，土著们不知道那些白人想得到些什么。我见到一个白人费了九牛二虎之力向一群耐心等候的棕色人们解释一种猎物，只看到一个当地人站起来，消失，然后兴高采烈地带了一个树枝回来，以为这就是他想要的东西。为了解开误解这个难题，我们携带了图片，我们可以向当地居民展示图片。这就避免了经过一周的跋涉，结果发现我们被带去寻找错误的动物的风险。

我们在巴黎和我们的妻子话别，她们必须回家照顾孩子。23日那天我们到达马赛（Marseilles）。这是一个令人着迷的城市，也是时间最长最具有冒险性的故事的发生地。皮西亚斯（Pytheas）[13]从这里出发，这位古希腊探险家是公元前5世纪第一位航海到波罗的海（Baltic）的文明人。像他之前和之后的航海家一样，在回国之后，他的讲述令人难以置信，并不是因为不详尽，而是因为所讲述内容的真实性。他提到了天涯海角（Ultima Thule）——世界最后一片土地。他提到北部的一个地方，那不是地不是水也不是天空，而是这三种的混合体，看起来像浓汤。在他的那个时代，人们对所有这些都深信不疑。他提到了波罗的海的潮水，在许多地方，漫过平缓的沙地，潮涨速度和人们步行的速度相差无几，之后涨到10英尺高或者更甚，现在那是连孩童都知道的事实。正是在这里他犯了错误。地中海几乎没有潮水，听众们立即说他是个骗子，而后怀疑他的整个故事。他将他的船只安全地避过了谎言的险滩，却在真相的港湾沉没了。

马赛和它的历史一样丰富多彩。你走在街上，经常可以看到残存的中世纪塔楼与一幢现代建筑并肩矗立，就像镶嵌在陶土岸上的一块化石。街上蜂拥的人群形形色色。这里，一对中年法国人夫妇正在缓慢行走；那儿，戴着红色法国军用平顶帽，漆黑的塞内加尔人以他们种族独有的灵活方式大踏步前进；在他们后面紧跟着一群皮肤黑油油，耳饰闪闪发光，兴高采烈的水手；接着又过去一名骑马的阿尔及利亚骑兵，举止里透着出生在沙漠的人们的骄傲之情。海边，聚集着一群渔妇，她们身材敦实，十分有力。她们面前的货摊上放着地中海人的战利品。乌贼、牡蛎和虾；流线型钢青色的鲭鱼，还有巨大的长相丑陋的红色生物，它的嘴长得像癞蛤蟆一样。渔妇们两手叉腰，以一种刺耳的叫卖声忙着叫卖她们的商品，成了一种穿插表演。

从那里我们坐上P&O公司的"那昆达号"（Narkunda）出发，经历了又一次的艰难旅程，我们到达一个东西方交会的地方塞得港（Port Said）。几天后我们穿过"眼泪之门"（Gate of Tears）——阿拉伯人对红海（the Red Sea）南端海峡的称呼。从乘客乘坐的船的甲板上看去，在阳光的烘烤下非洲和阿拉伯分列两侧。过去有一个真正的"眼泪之门"，做工差、笨拙的阿拉伯独桅帆船无助地在风暴中航行，时间久了，就堆在海滩。即使在今天仍然有凶险的历史。在丕林（Perim），不久前P&O公司的一艘船失事了。

穿过红海之后，我感觉到自己确实在东方。在东方，欧洲人只是一名观众，永远也不会和稳定的生活融为一体。

在亚丁（Aden），我们停留了几个小时，我们上岸拜访了老朋友。从那开始，我们向东南方进发，穿越无聊的蓝色印度洋，飞鱼在浪尖飞跃，像银子的碎片。4天懒散平静的日子过去了，某天一大早，站在甲板上，我们看到了低矮的印度海岸线。

注释：

① 今加里曼丹。——译者注
② 在中国境内叫作雅鲁藏布江。——编者注
③ 在中国境内叫作怒江。——编者注
④ 在中国境内叫作澜沧江。——编者注
⑤ Burma是殖民时期的旧称，现名为Myanmar。——译者注
⑥ 今四川省宝兴县。——译者注
⑦ 今埃塞俄比亚。——译者注
⑧ 音译Chao Chu Wu。——译者注
⑨ 《英语姓名译名手册》（第五版）译作"惠勒"。——编者注
⑩ 1927年由美国派拉蒙影业公司拍摄的无声电影，全名为《畅，荒野故事》。——译者注
⑪ （1）傣族的古称，（2）居住在东南亚的人。——译者注
⑫ 中文名：杨帝泽。——译者注
⑬ 公元前3世纪的古希腊航海家、地理学家。——译者注

第二章　关山度

（克米特·罗斯福）

我们给克什米尔（Kashmir）方面写信，希望把雇用1925年我们在中亚地区探险时就忠实为我们服务过的一些克什米尔人（Kashmiris）的事落实。考伯恩公司（Cockburn）的诶弗里（Avery）来电报说，他新雇了两名打猎者，一个叫摩克塔·罗尼（Mokhta Lone），另一名叫贾法尔·锡克（Gaffar Sheikh），他说他会派他们到孟买去见我们。隋丹给我们的大厨杰马尔·锡克（Jemal Sheikh）写信召他来。我们去年冬天在阿萨姆时，他就和我们在一起。卢苏（Lusu）是另一名替补，他也曾和隋丹在一起。我们离开时，把他留给了金登·沃德上校（Captain Kingdon Ward）。沃德在那里的米什米山区（Mishmi Hills）做植物学和地理学考察。我给沃德写信，说如果他那里有多余人手的话，请他把卢苏派到我这儿来，但我没有得到他的回复。

我们认为，在一开始就有一组熟悉我们的做事方式的忠实仆从，对于我们的远征来说关系重大。我们一步步接近孟买（Bombay），我们一路都在寻思，到底哪一位老朋友会来接我们。两位打猎者都是新来者，泰德①（Ted）和我抽签决定先选哪个。他赢了，选了贾法尔·锡克。

当我们沿巴拉尔德码头（Ballard Pier）走的时候，我们高兴地看见老杰马尔·锡克和有点消瘦的卢苏远远向我们招手。老杰马尔抢先拥抱隋丹，隋丹被杰马尔的热情弄得有点局促，而卢苏慌忙跑过来向我问候我的夫人。我们从中亚地区返回后，卢苏就是我们在印度和尼泊尔（Nepal）时的用人。

我们在孟买待了一天，探望了老朋友，对孟买博物学会（the Bombay Natural History Society）完成的骄人项目十分羡慕。这些成就是在雷金纳德·斯宾塞爵士（Sir Reginald Spence）引领下完成的。翌日我们就重整队伍向加尔各答进发了。

在车站接我们的是默文·摩根（Mervyn Morgan），他安排我们住在他位于巴力贡热（Ballygunge）的漂亮房子里，我们在那儿一直待到乘轮船去仰光（Rangoon）的那天。我们的目的地是中国的四川省和西藏东部之间的边界地区，我们期望能获准从萨蒂亚（Sadiya）和米什米或是从锡金（Sikkim）—西藏一线上行进入那个地区。因为没有收到西藏当局对我们申请的答复，我们只得选择走另一条路，对于那条路，我们脑子里早就有了，穿过缅甸，再过境到云南（Yunnan），然后向北到达四川。

我们正在向云南腹地进发，这时从缅甸传来话，说我们的申请被批准了，可以从米什米进入西藏，然后过境到巴塘（Batang）。可惜消息来得太晚，我们无法折回去利用那个我们曾经梦想得到的机会。

我们在加尔各答见到了许多老朋友，其中有肯尼斯·梅森上校（Major Kenneth Mason），他因在喜马拉雅山喀喇昆仑地区（Karakoram Himalayas）所做的出色研究，不久前获得了英国皇家地理学会颁发的金质奖章。印度国土勘查局的所有官员都对我们非常友好，给予了我们尽可能多的帮助。

杰克·杨乘货运飞机"艾格罗蒙特号"（Egremont）到了卡拉奇（Karachi），机上搭载了给印度军方的一大群美洲骡子。他早我们两天到达加尔各答，他给我们带来了装备，那是大宗用品已经装上飞往加尔各答的货运飞机后才想到的必用品。

我们离开的前一天，金登·沃德从阿萨姆赶来，从他身上能明显看出在米什米山区考察期间食物短缺和旅途艰险的影响。我第一次与他相识是在美索不达米亚（Mesopotamia）战争期间，他参与了我们现在正在开始做的原远征探险计划的制订。经过仓促商量，大家都同意他应该到英国去，冬季到来时再回来和我们一起在印度支那边境一带做考察。

向我们最热情好客的朋友摩根道别后，我们于12月14日出发，开始我们向仰光进发的旅程。卢苏派人叫来他的弟弟阿兹扎（Aziza）与我们同行。但是由于沟通出错，阿兹扎到了孟买，所以他必须在我们的船起航前一小时到达加尔各答。尽管如此，卢苏还是骄傲地在舷梯升起前为他争取了几分钟时间，于是我们就和我们的5个克什米尔随从一起扬帆启航了。随从中有3个人第一次登上漂泊在沃拉尔湖（Wolar Lake）上的比家居船大的船只，好奇激动自不必说。杰马尔又以自己从君士坦丁堡（Constantinople）开始的航海经历中获得的航海知识让他们大开眼界，隋丹就是在1925年我们结束中亚地区考察时把他还回来的。卢苏也给他们讲了他和我一起从卡拉奇到孟买的传奇经历。

查尔斯爵士（Sir Charles）和英妮斯夫人（Lady Innes）两人是早年朋友，他们邀请我们与他们一起住在政府公房里，我们在那里度过了十分美好的几天。我们离开那里，启程前往上缅甸地区（the Upper Burma）。查尔斯爵士对我们的帮助无微不至，其中包括在八莫给我们买了长途跋涉必需的30头骡子。

我们在曼德勒与区阿文（O Ah Wain）一起住了一个晚上。区阿文是缅甸一位显赫的中国商人，也是缅甸公司的代表。缅甸公司是一家有25,000名雇员的大型矿业公司，胡佛先生也曾与该公司有过联系。区阿文对这次探险考察兴趣浓厚，因为他与总统先生交情深厚。

在一位精力充沛、信心满满的缅甸人向导带领下，我们逛了当地的巴扎（集市）。向导芒·维克（Maung Wike）是雪佛莱车车主，他活脱脱就是吉普林先生笔下欣赏叼一支6~8英寸长的、用像是竹纤维卷的大雪茄的缅甸女人的那种士兵的样子。

开往卡萨（Kathá）的火车旅程并不顺利，大风呼号，暴雨如注，淹没了相当长的一段铁道。经过无数次停车、转车，我们最终搭乘一条后轮推动的小汽船，吭哧吭哧地沿河向上到达八莫。威廉姆斯上校（Major

Williams）给我们做伴，他刚从曼德勒的医院里出来，由于患神经炎症，走路还是一瘸一瘸的。他指挥着由旁遮普人（Punjabis）、锡克人（Sikhs）和贾特人（Jats）组成的一个杂牌营。整个寒冷的冬天，他们都回到上缅甸地区的山里执行边防守卫任务，那里的生活从来都不是平静的。去年他的11个士兵被老虎咬死了，其中5名士兵是同一只老虎咬死的。一个兵营有士兵患病的传闻，四五个月以前，他的17个士兵被霍乱夺走了生命。缅甸还有最原始的问题需要解决。

八莫村坐落在通往中国云南和内地的那条古老的商业通道的缅甸一端，居民中欧洲人占7%。副总督费文·克拉克（Vivian Clerk）为我们买了30头骡子，我们又多雇了几头，驮着我们越过边境。

圣诞夜我们与克拉克夫妇一起吃晚餐，饭后三拨男人和孩子从教会来唱赞美诗。这里周围的棕榈树和竹丛以及人们黑黝黝的面庞，很难让我们将其与圣诞赞美诗联想到一起。演唱很是认真并充满感情，但是单从歌词或曲调上说，真的让人很难确定我们听到的是《明君文赛·克劳斯》呢，还是《皇家大卫城》。在牡蛎湾，我们的家人和朋友一起在基督教堂唱"河上的圣诞节"似乎已经是离我们很远很远以前的事了。

我们和G. H. M. 梅德（G. H. M. Medd）上尉一起度过了一个非常美好有趣的下午。梅德上尉是伊洛瓦底舰队公司（Irrawaddy Flotilla Company）代表，在缅甸已经居住了37年，他的堂祖父是智利（Chile）海军创建者考克兰元帅（Admiral Cochrane）。关于那条大河，梅德上尉可是有许许多多有趣的冒险故事讲给我们听。就在不久以前，他的一只后轮推动船天黑后靠岸加油，一打开探索航道的灯，正好照在3只老虎身上，这些家伙碰巧下河喝水。来自当地的一位水手长激动地拉响了汽笛，3只野兽仓皇逃进了附近一个村子。村子里的老者们向梅德上尉提交了一份严肃的控诉书，控告那位水手长的行为，要求以后不再发生类似事件。

从八莫到腾越（Tengyueh）最开始的17英里道路，汽车还可以通行，因此，在圣诞节后第一天，我们就让我们的骡子先行上路了，我们则跟着我们的行李上了汽车。我们在中午时分登上舞台,带着所有的枪支,踏上了博物探险活动的征程。

翌日清晨,对于刚刚开始长途跋涉生活的最初几天而言,场面照例有些混乱。我们还额外雇用了几头骡子,作为我们已经购买的骡子的替补,另外还给我们每人安排了骡子作为坐骑使用。现在的情形变成了我们手头没有多余的骡子来搬运辎重,所以我们必须把充当我们坐骑的骡子匀出一半来搬运过剩的行李。给骡子上货对我而言是件新鲜事儿。它有两副鞍架:一副架在骡子上,一前一后用胸甲和牵鞍兜带绑在身上;也没有使用肚带什么的;另一副鞍架整齐地摆在第一副鞍架上,这是为了捆绑行李之用,再加之没有肚带的帮助,很明显这样安排是为了更好地保持平衡。给骡子上行李的时候,两个人要把第二副鞍架抬起来,同时吆喝骡子,骡子会把头低下来从二人中间穿过,这样才能把行李码到第一副鞍架上。

我们的骡夫,以及我们此行路上遇到的所有骡夫都是云南人。我们有一个头人,他是一个小个子男人,名字叫陈昭林(Chin Tso Lin),很容易被人记住,原因是他长得和死去的满族军阀很相像。陈是个好人,但是看起来,他在他的下属面前没有足够的权威。

在最初的15英里行程里,泰德、史蒂文斯(Stevens)和我是步行的,其他人乘坐骡子。蜿蜒的小路在太平江(Taping River)畔的山谷里若隐若现。两边的道路被树木遮挡,纠缠在一起的巨大藤蔓沿着大树攀缘直上,从地面往上的80~100英尺没有任何枝丫,就像一个模具一样。这条小路,是云南到缅甸之间的主要通道。在19世纪70年代才向欧洲人开放。像库珀(Cooper)、吉尔(Gill)和巴伯(Baber)这样的人给我们留下了许多和他们的旅行相关的妙趣横生的描述。巴伯,在险象丛生的探险之后,在他的著述《商旅游记》(*Travels of a Pioneer in Commerce*)和《米什米山》(*Mishmi Hills*)中对此均有描述,在两次旅行中,他不止一次命悬一线,在八莫差点儿成为印度士兵来复枪下的牺牲品。吉尔船长的《金沙江》(River of Golden Sand)里也有对自己在四川和云南的探险活动，以及在阿拉伯人背信弃义后遭受的悲惨结局的生动描述。在所有与这个中国偏僻一隅相关的最新的旅行和探险日志中，没有人比得上约翰斯顿（Johnston）的《从北京到曼德勒》(Peking to Mandalay)里令人愉快，充满信息和极具价值的描述。

我们的首个驻扎地点在卡龙卡（Khalongkha），我走过村庄时，瞥见了一头刚刚被宰杀的黑鹿的头颅。在一名会说印度斯坦语的店主的帮助下，我最终找到了那名猎人。他告诉我在清晨和傍晚，在山上克钦人（Kachins）种植作物的小块空地里，黑鹿和赤麂（barking deer）都会寻找食物吃。泰德、隋丹和我从不同方向出发，希望能够遇到这两种鹿的任何一种。我跟着克钦人沿着没有道路的森林顺山而上。我们到达山上的空地之前，追踪活动都十分愉快。然而最终我们所有的攀爬都成了无用之功，其他人也比我们强不到哪里去。第二天，隋丹从两个克钦人旁边经过，他们两人抬着一头麂（muntjac）或者赤麂什么的。毫无疑问，在这个地方要有好枪法；然而想解决问题，还得需要时间，我们的目标在遥远的打箭炉（Tatsienlu）②附近，对我们而言，时间才是最为珍贵的物品。

为了把故去的人埋葬在自己祖先旁边，汉族人总要花大价钱，并且克服巨大困难都要完成。在史蒂文斯和杰克乘坐的船上，他们身旁放着一具极其华美的棺材。在最初的四五天，他们和我们的驮队保持同样的速度前行。中国的棺材总是价格不菲，棺材是用硬木制作的，极为笨重，有点像船首高耸的独木舟。他们旁边的是最沉重的那种。4人在前，两人在后，用杠子抬着，棺木在绳索间来回摇摆；苦力们对着逝者轮番喊着号子，希望他平静地躺着，并且告诉他这是归乡之路。一只家养的颜色绚丽的公鸡被绑在棺材的盖子上，防止逝者的灵魂复苏。棺材里还有几件死者的个人物品。对于苦力扛着这么重的负担，还能够跟上我们的速度，我们都觉得不可思议。在穿越中国边界的时候，道路十分艰苦崎岖，我们最终将他们落在后面。

在太平江的峡谷里穿行是十分愉快的行程。尽管隋丹抱怨说巨大高耸的热带雨林像是墙一样,把我们死死地封闭压迫着,但是,在我有时间感受到那种压迫之前,我们必须穿过雨林。所有人都能感受到雨林里有嗡鸣声,这和我们探索不定河(River of Doubt)③那时候一样。

我们看到了一群长尾叶猴(gray langur)之后,史蒂文斯和我沿着山脊向上爬了很长时间寻找它们,我们碰到它们两次,但是都没有打中。它们最终全部逃开,我们也就返回了。没走多远,我们就听到了克钦人在山谷里的争斗声。我们数了下一共有20声枪响。在来复枪和子弹都很难得到的地方,这个数字可谓不小了。英国政府努力将和平带进了上缅甸的山区,但是克钦人是好战的民族,还没有准备好如何摆平他们所有的内部氏族争端。

我们在下坡路过一个拐弯处的时候,碰到了一个肩膀上扛着来复枪的克钦人。一看到我们,他就跳到了一旁,猛地用来复枪瞄着。有一阵子,我们以为会卷进麻烦,然而那个克钦人,尽管有些惶惑不安,但是很明显他只是对自己的某些敌人保持警惕而已。一秒钟以后,他的脸上流露出了近乎羞怯的笑容。

我们行走了很长时间,仅仅在沿途收集了一些鸟类,还在天黑之后设置了一些陷阱,这样我们就能够保证在我们路过的地域捕获小型哺乳动物和鸟类。我们通常在油灯下剥皮。我们的困难实际上在于,要想在最适合狩猎的季节内到达四川地区有大型猎物的地方的话,我们必须加快步伐。对史蒂文斯而言,为了找到菲尔德博物馆需要的小型动物,轻松的路途是非常必要的。为了达到目的,他要在某个看上去合适的地方时不时地盘桓一两天。我们在出发之前就都知道了,于是我们这个队伍在腾越兵分两路,让史蒂文斯可以在后面慢慢地前行。他可以在打箭炉与我们会合,在那里打猎之后,我们可以在北面的群山狩猎后返回。这样的话,他也可以在前往打箭炉的路上多停留一个月或6周时间,但是,他必须在我们从狩猎地返回时及时与我们在那里会合。

能和史蒂文斯同行，我们倍感幸运。把我们收集到的小型猎物的善后工作交到他的巧手上完成，我们感到十分放心。由于菲尔德博物馆需要将收获到的动物作为川滇两省的动物区系调查的代表，在这种条件下获得它们是必要的。史蒂文斯在阿萨姆和大吉岭当了很多年的茶农，在那段时间，他对鸟和哺乳动物做了细致的研究。他还为锡金的鸟类撰写了一部优秀的专著。就在不久前，他在印度支那逗留了一年，但是，一次河难沉船使他丧失了几乎所有有价值的收藏，这险些要了他的命。从那以后，他就在位于特灵（Tring）的罗思柴尔德主教（Lord Rothschild）博物馆工作。

第四天的出行将我们带到中国边界。我们看到两个中国男人在草棚的阳台上，其中一个躺着的男子正在往自己的烟枪里送鸦片丸，而另一个精心地在一个小火苗上煮着一罐植物。除此之外，没有任何其他迹象可以向我们表明这是中国地界。我们走过时，那两个人连眼皮都没有抬一下。这个事实更好地说明我们在中国，这就是这条追踪之路的状况。这也十分明显地说明，我们已经越过了英国统治者的管辖区。塌方或者倒下的树木躺在那里，没有人碰它们，因为可以越过去或者绕行，就无须费力搬走它们。我们很快就穿过了浓密的树林地带，进入了长而宽广的山谷，山谷里有方块形组成的稻田。山上的树木被砍伐殆尽。

中国人的旅馆代替了缅甸边境干净的驿站旅馆。尽管这些旅馆干净的不多，但是旅馆主人总是十分殷勤，而且为了让我们更加舒适，他们很乐意在力所能及的时候随时效劳。

我们现在穿过的村落是普通的中国式村庄，由一个长长的、铺着大型不规则鹅卵石的主干道组成。通常有2~3个驿站，大院子里有可供骡夫在墙下休息的地方，有时上面有一层房屋供我们摊开我们的铺盖卷。晚上，街上全是肉贩子和菜贩子的货摊，货摊靠油灯采光，蜡烛芯闪耀着，油脂滴落下来。在这里，每天的闲言碎语从这家传到另一家；聊天一直持续到深夜才罢休。在客栈根本不需要闹钟。公鸡就是活动的宴会；这里有大量公鸡，每一只都有自己的时间概念。有时，它们会向我们直冲过来，匆忙起身时必须赶走它们。猫也加入了进来，狗一整夜会时不时地叫几声，骡子中也会有觉得乏味而拌嘴的。

更多的居民是掸人，掺杂着汉人。很难讲那里有多少纯正的汉人。掸人在身高上的差异很大。有些人确实很高。已婚妇女头上包裹着高耸的蓝色头饰更加凸显了她们的身高。我们也看到了名副其实的侏儒。从缠足上可以很容易区分汉人妇女。很难理解那些妇女就是用这种不合适的脚，能够在农田里劳作一整天，还要从事打水这种重体力活。她们的腿干巴得令人同情，比火柴棍长不到哪里去。作为新国民政府颁布的许多良好的改革措施之一，儿童缠足已经被废止了。有时候，他们的法令确实奏效，尽管我们经常看到很多时候，人们对它视而不见。

如果因为嚼食槟榔而造成牙齿的损坏不算在内的话，许多掸人妇女长相还是很美丽的。这种混合物用一片叶子包裹着含有槟榔树的果实和酸橙的东西。汁液把她们的嘴染成鲜红色，使她们的牙齿变黑变坏。汉族人不沉迷于食用槟榔，和她们的掸人姐妹的黑牙比起来，她们露出的雪白牙齿，形成十分强烈的反差，而且令人感到愉快。

大城镇每5天就有一次集市，我们在兴致勃勃讨价还价的人群里面溜达了一个下午。克钦人背着一捆捆用来烧火的木柴从偏远的山上下来。集市就像巴扎一样分成不同的区域。在这儿，卖糖果的小贩被分离开；在那里，是一排屠夫；旁边挨着的是蔬菜贩子，再过去是卖些华而不实刀具的贩子，还可以找到从缅甸过来的美丽装饰品。

汉族人和掸人都打心眼里认可"用猪还租子"这样的古老谚语。大大小小一窝一窝的猪待在村庄里，在稻田里面拱食吃。虽然一大群的鸭子和笨拙的水牛在稻田里有各自的领土，但是还能显示出快乐大家庭里共生共荣的基础。

我们还没有介绍这个山谷的统治家族对可怜的史蒂文斯所做的一切。他在长途跋涉中落在了后面，跟在我们后面时走错了路。由于他在中午停歇的那段时间没有露面，我们就组织了搜寻的队伍。他离正确的道路渐行渐远，直到碰见了菲利浦·陶（Philip Tao）的仆人。菲利浦·陶是这片山谷世袭的首领肖·布瓦（Saw Bwa）的兄弟，会说英语。下午晚些时候，我偶然遇到了史蒂文斯和陶，他们正准备撑一只小竹筏逆流而上到我们那天的目的地去。

陶问杰克和我是否愿意加入他们，尽管带有某些疑虑，我还是同意了，就让贾法尔·锡克随骡子先行出发。在我还没有来得及认识自己的不安是否合理时，他们就离开了我的视线。撑船溯水而上的支流河水突然变浅，我们还没有行驶300码，就彻底搁浅，并上了岸。只要有阳光，在稻田之间横穿山脊并不非常困难。然而夜幕降临时，你就必须像一名目力极佳的杂技演员一样避免摔倒，晚上八点半摇摇晃晃到达Kanai时，我们一行人疲惫不堪，浑身泥泞。

第二天早上，陶邀请我们到河对岸他们家共进早餐。所以我们派遣骡队先行到达我们下一个驻扎地。我们伴随着主人，穿过宽阔的遍布石头的河道到达古老的Kanai。从山上俯瞰，能够看到构成陶家宅院的小型建筑群落。他对自家的花园感到十分自豪。在花园里，他修了微型的湖泊，种植了各种各样的果树。我们在一个湖心岛上的凉亭里享用了美味的傣式早餐。主菜是盛放在桌子中央的一个陶土罐子里的。锅子下面点燃了炭火，上桌之前，锅里就已经放了一些肉和蔬菜。我们面前摆放了各种小碟子，我们从里面取出一些新鲜的蔬菜和调味品放进锅里。这样做的结果就和阿根廷的什锦菜一样，很美味。出人意料的珍宝会时不时地被我们的筷子搜寻到。比如鸭子的头，我将它送给了隋丹，另外，特德还发现了大公鸡的爪子。

陶是那种追求进步的现代人。在植物天堂的"欢乐谷"显得不太合时宜。他的英语还足以交流，那是在去仰光的几次旅行中学会的。他肯定从他父亲身上继承了许多品质。他父亲在日本生活了许多年，还当过云南的行政长官，最终死在北京的办公室里。他有3个兄弟。其中一个有20岁,出生在日本,被他父亲留给了日本朋友。他在帝国大学读书,也从未离开过东京。我的朋友希望他不久后返回中国。他的另一个弟弟,不会说英语,被认为是个食古不化的人。他的大哥,继承了这个家族的首领,也不会说英语,还沾染了鸦片瘾。菲利浦告诉我们他已经劝了他大哥3次,希望他戒除这个恶习,然而毫无成效。所以他放弃了这次糟糕的尝试努力。

陶自己不是尤利西斯[④]。他言简意赅地向我们总结了他的旅行哲学:"为什么花钱让自己这么累?"

显而易见,他是山谷实际的统治者。在这儿他向我们展示了哪里必须建筑巨大的堤岸,改善洪水带来的危害;在那儿,他在村子里修建了旅馆。他还对改善村里的道路让它们更适合行驶汽车是否可行而征询我们的意见。因为在他脑子里已经有了让骡子把拆解后的汽车运进山里的想法。他的爱好是火器,包括步枪和霰弹猎枪。碰到我们的那天,他打中了两只雁和几只鸭子。在河里,在稻田里,有一群群鹤,碰巧有一群大雁从空中飞过;我数了下,在"V"字的较短一侧有26只。陶不仅仅局限于射杀鸟类,在山里,他还猎杀黑鹿和赤鹿,有一次,豹子在咬死了的一头猪旁边逗留的时候,他捕获了豹子。我们很后悔没有能够在他的山里和他一起逗留上几天,试试我们的手气。

"欢乐谷"里面的日子并不总是那么安宁。就在这5年里,从腾越来的汉族士兵出现过两次。第一次很明显是和云南的元帅造反有关。第二次肯定是惩罚性质的远征。掸人退回山里,从上面向士兵滚落巨石,以那种方式加上狙击杀了一些士兵,但是山谷里的村庄被抢劫并遭到了毁坏。

我们在腾越得知那次事件的后果。他的母亲被汉人抓了囚禁在笼子里游街。显而易见的是,他的母亲并没有因为那次待遇而受到什么实质性的影响。令我们感到遗憾的是我们没有机会和她会面。我们见到了陶的独子,这是我们所见到的他的唯一家庭成员。那是个只有一岁大的胖乎乎的孩子。孩子的父亲解释说他还尚未给孩子取名，就问我们能否给他选个名字。他希望这个名字以"W"开头。考虑一番后，我们选了一个有点平淡无奇的"Walter"。这个名字容易记也上口。Philip这个教名是他在仰光学习时，缅甸的官员给他选的。我们见到他拥有的唯一的书是《君主养成记》(Making of a Monarch)。这本书内容很翔实，记述了维多利亚女王年轻时的培训经历。

与我们的主人告别让我们感到伤感，他的善良和睿智给我们留下了深刻的印象。他有激情，然而我觉得他也倍感孤独，因为很少有人能够欣赏他的情思和志趣。临别前，他送给我们一匹灰色的小马作为礼物。这匹小马陪伴了我们这次远征的主要旅程。后来我们把它送给宁远府（Ningyuanfu）⑤外方传教会（the Mission Estrangère）的神父们了。

我们现在离腾越只有两天的行程。小型队伍和品质良好的小马原本可以在7天内到达，但是进程有些拖沓，途中短时间的耽误时有发生。于是到了第九天一大早我们才进了城。最后两天我们驮队走得很顺利，在此之前我们只看到了骡子，现在我们看到有犏牛的驮队。你可以在远处就知道他们的行踪，因为每个犏牛都配有一个大铃铛，有时候挂在像小型钟塔模样的马鞍上，有时候悬挂在牛的脖子上。和我们的骡子不一样，这种驮货的牛配有肚带。

到达腾越的前一个晚上，我们是在一座令人着迷，高耸在山上的庙宇中度过的。中国，有极大的容忍度，并不反对他们的庙宇挪作他用。

我们会见了劳伦斯·皮尔先生（Mr. Lawrence Peel），他是在腾越的海关专员，即将开启短程巡视。他很热情地邀请我们住在他的小屋里，还给了我们一张写给他的助手威尔金森先生（Mr. Wilkinson）的便条。威尔金森先生在许多方面给了我们帮助。在他的协助下，使我们仅仅耽误了一天就完成了全部的准备工作。

我们和最大的银行家春因奇（Chwin Yin Kyi）一起度过了几个小时，他是一位留着雪白胡须、长相俊秀的老年男子。在他的银行里，我们在大理府开了银行账户并且给打箭炉转了笔资金。

在巴扎里,我们有意识地购买了一大批东西。厨师必须储备给养,骡夫也要修补那些在路途中损坏的架子。杰克和我陪陈昭林一起,在药店里转了转,寻找那种他告诉我们能够使快要死去的骡子恢复活力的药品。那是一种用麂的角制成的药品,价格十分高昂。有两次,有人给我们几小瓶号称是我们寻找的那种药,但是在经过鼻嗅口尝后,陈昭林都摇了摇头,断言那些不是正宗的药品。所以我们被迫未能结算驮夫预测的额外开支。

1月5日,我们和史蒂文斯道别,他跟在我们后面,慢慢地到达打箭炉,因为他要在有可能的地方停下来收集动物,之后随我们驮队奔赴大理府。

注释:

① 《英语姓名译名手册》(第五版)译作"特德",下同。——编者注
② 今康定。——编者注
③ 今亚马孙河流域。——译者注
④ 罗马神话中的英雄。——编者注
⑤ 今西昌。——编者注

第三章　中国的后门

（小西奥多·罗斯福）

他说我在异乡为异客。

（《圣经》"出埃及记"第二章第二十二节）

1月5日一大早6点时分，我们就一骨碌爬起床来。天还很黑，刺骨的寒风袭来，让我们觉得我们穿的短裤实在抵御不了那寒冷。隋丹说他觉得好像根本就像光溜溜啥也没穿一样。吃过早饭，天才亮了。尽管大雾仍然像给山谷罩上了面纱，构成瑞丽分水岭的山峰在旭日照耀下还是清晰可见。

我们很快卷起铺盖，站在院子里，哆嗦着等待赶骡子的人，我们已经事先让他们赶在上午7点前把一切都准备好，但是到了上午8点还没有一个人露面。过了一会儿，我们雇的人才姗姗来迟，但还是没见陈昭林的影子，也没见他的人手。他们本应该和我们一起出发，一路为我们看管那些骡子的。15分钟后我们的护卫队才来。他们一共4个当兵的，个个胖乎乎的，看上去活脱脱像皮肤黝黑穿着破亚麻布的小顽童。不幸的是，这样看似天真无邪的外表下掩藏的却是阴暗的人性。

我们让他们中的一个赶紧到马厩里去，叫那里的人立刻把骡子牵来。他去了，一个小时过去了还没见人回来。太阳已经很高了，克米特和我都决定还是我们自己去看看的好，谁知客栈那里却是一团糟。赶骡子人的头儿满嘴借口，一肚子鸡毛蒜皮的事儿。我们让他们站成一排，狠狠地给他们上了一课。我们告诉他们，我们可以把他们告到县长那里让他们吃官司——站在我们身旁的士兵就是再明显不过的权威的标志。即使如此这般了一番，事情仍然没有很快解决，经过一通大喊大叫，进展依然很慢。要让东方人做事快节奏就像要务实的西方人做白日梦一样难。

他们终于动起来了，我们重新回到窝棚，谁知那里又有更多的麻烦等着我们。就在我们在院子里折腾的时候，窝棚的门开着，菲利浦·陶赠送给我们的那匹灰色小马跑了。与平常一样，没有人应该受到责备，但现实是那匹小马跑了。我和杰克·杨以及两个猎人一起穿过狭窄、泥泞的村巷，蹚过稻田，无望地寻找小马。我们最终还是不得不放弃寻找。

我们回来时已经快11点了，骡队这才准备出发。

小马丢失后，我们都骑骡子，但它们不是我们美洲那种高大的骡子，毛乱蓬蓬的，大小和威尔士矮马相仿，但力气和耐力却大得惊人，驮一个人再加120磅的货物，一整天都在最崎岖不平的路上行进，真是不可思议。我们专门为此定做了小尺寸的麦克莱伦（McClellan）马鞍和辔头，即便如此，马鞍和辔头对这些骡子来说还是太大了些，所以我们无法将马的肚带勒得足够紧，所以当我们费劲地骑骡子上山的时候，鞍子就向下溜到骡子屁股那儿了。骑骡子下山时的情况更糟，鞍子会向前滑，以至于让你觉得骡子的耳朵才是把你固定在骡子身上的东西。要是在陡峭的岩石山上走，你要从骡子上下来可不是一件简单的事，假如鞍子不在正地方上，那就更难了。要从骡子上下来，常常要把整个程序颠倒过来做，要将一条腿高高举过骡子头顶才行。骡子的本性就是如此，它不会因为你要下来就停下不走。其结果是我们往往很不体面地从骡子上滑落下来。骡队行进得很艰难，把整个骡队带上那样的山间石径的确是对约伯耐心的巨大考验。我们离开腾越的当日，隋丹有两次将骡子的辔头拉脱了。

穿越腾越平原的前两个小时，我们经过了几处聚居的茅舍和稻田，偶尔有竹丛在风中婆娑作响，像鸵鸟羽衣一样的竹子顶部随风摇曳。

很快我们就来到一个陡峭的山坡。那是一条在中国司空见惯了的所谓的"路"，与山间河谷河床一般无二，全是形状各异的石头。中国有句关于路的老话，说"为福一年，为害千载"。我个人对"为福一年"作为条件的真实性抱怀疑态度。

傍晚时分我们翻过了分水岭，展示在我们眼前的是瑞丽河谷。除了几处常绿植被依然坚守外，其余全是树木被砍伐净尽、被落日染红的光秃秃的山丘。就在还未到分水岭最高处的地方，我们发现了一座建造粗糙的石塔，石塔上的文字告诉我们，在战争时期这里曾经点亮过指路灯。

在瞬息消失的暮霭中，我们沿一条崎岖山间小道下山，绕过一座叫作象脖（Hsiangpo）（Elephant's Neck）的小城到达西姆树（Hsmushu），我们就在那里过了一个晚上。我们住在小旅店。中国的小旅店可不像英语里的"小旅店"一词所指的那种小旅馆。中国的小旅店都有一个用泥土做的墙围起来的院子，马厩十分简陋。院子一边有一栋或许只有两个房间的摇摇欲坠的木楼，每个房间里放置4～5个木板床，床上铺些脏兮兮的草垫子。房间没有窗户，可是那墙壁简直就跟没有一样，不仅是风，外面的嘈杂声还有恶臭味都能进到房子里。房子里的地面也是泥土的。房子里唯一的装饰是这儿那儿钉在墙上的破烂的中国谚语招贴。

我们就住在这样的房子里过夜。我们很累，也没有把那些草垫子拿掉。我们想草垫子上的虫子都被严寒冻死了，于是就把我们自己的铺盖铺在草垫子上面。事实证明我们错了，我们发现不对时已到了后半夜。我们刚进房子时，就听到床底下有轻微的吱吱声。"那肯定是老鼠。"克米特说。他错了。用手电筒往那个角落一照，这才发现有一只母鸡、7只小鸡崽和一只红冠大公鸡。在一位年纪很大、缠着小脚，但行动敏捷

常见的路旁酒肆

丽江集市

得像猫一样的女人的帮助下，我们总算把鸡赶走了。但那只是暂时的。我们住的那间房子显然是它们平日的窝，刚赶走，不一会儿它们就又从墙窟窿钻进来，这样那位女人就会又跑来把它们弄走。

吃过晚饭，我们钻进被窝准备入睡。我们能听到的只有从院子里传来的我们的克什米尔仆从抽水烟袋的惬意的咕咕声。突然间一声令人毛骨悚然的尖叫声从院子一角响起。那是一只猫。隋丹起来把它赶走了，我们又躺下睡觉，但没过多久，两只杂种狗又开始咬仗，声音之大简直就和屠宰场里被同时宰杀的上千头猪嚎叫一样。胜出的那只狗占据了我们房间门的位置，一整夜里只要看见或听见什么，它都狂吠不止。我们把它刚一赶走，转身间它又回来。凌晨四点半，赶骡人就起床了，给骡子喂草喂水，不时有尖声叫骂传来。

我们穿过瑞丽开始向怒江山岭进发。一开始那里的田野都是被开垦的土地，有时会看见小块的田地被很像多头吊灯状的仙人掌篱笆隔开。那些仙人掌肯定不是野生的，原因是我在周围的山上并没有发现类似的植物。我们很快就来到一座茂密的树林。在一个小镇上我们看见一个驮队和一些苦力在等待着。他们告诉我们前面路上的隘口会有土匪出没，他们问是否可以和我们结伴以求保护。我们肯定他们不是什么好人。我们悄无声息地打开柯尔特自动手枪枪机，防范以保证安全总比吃后悔药好。我们拉成一队穿过隘口，没有发生意外，然后下到了怒江的河谷。中国人称这条河谷为"死亡之谷"，传说这里经常闹鬼。其实没有什么再能比隆冬时节更散发死亡的气息了，尽管这里的雨季多雨湿润，一定到处弥漫着腐朽和潮热的气味。只有掸人住在谷底，他们在那里耕作，并把那里的树木砍得精光。

第二天早晨我们看见的一些动物，大小和水獭差不多，在水田里游荡。我用0.22步枪瞄准了一只，但没有打中，所以有理由怀疑我们是否知道那些到底是什么动物。怒江上有一座漂亮的桥横跨其上，下面美丽、汹涌的河水呈最深的宝石蓝色。

下午我走过一条山涧上的小桥，那座小桥有一个很响亮的名字：水冲桥。我们刚过桥，沿着道路抵达山坡，这时前面出现不小骚动。一个汉子跑过来说有土匪打劫了我们前面的马队。经过询问才知道那不过是一次自导自演的无聊闹剧，因为那帮强盗仅仅劫掠了一头骡子。随我们一起的士兵一下子激动起来了，很明显他们可有机会维护法律了，于是他们个个都向那头骡子逃走的方向，朝山坡上追去了。过了一会儿他们便折了回来，找回了那头骡子，其实那头孱弱的灰色骡子根本就不值得那样大惊小怪。但故事还没有完，那些士兵并没有把骡子交还给它的主人，还说那头骡子是他们的。很显然，问题变成了到底是哪一伙土匪得到了那头骡子。

第二天天还没有亮我们就起床了，我们决定加快行进速度赶到永昌（Yungchang），这样就有时间在那里待一天，把我们的骡队做必要的调整。晚上一队队牛群不停地从我们的车马店旁经过。除了骡子和矮马以外，牛也善于驮运货物。有不少牛背上小炮塔似的货物上挂一个大低音铃铛，一名头领敲一面锣把整个牛群聚拢在一起，锣声像给牛铃声打节拍一样，两种声音和谐而中听。

天渐渐破晓，我们骑着骡子沿一道围绕着一大片平原的山脊行进。平原，白雾把美景都结上了霜，山脊和丘陵好像都笼罩在银色里，一只很像小燕子那样鸣叫的小鸟飞过，只是声音要拖得更长、音调也更高。我们沿着小路蜿蜒而上，小路两边都是粗枝大叶的草。太阳很快就升起了，斜挂在前面的山丘上。上午9点钟时天已大亮。我们的头顶是旱季里几乎无云、一成不变的蓝天。这一点倒是真的。云南省的名字就是"云之南"的意思。可是我欣赏自然美景的兴致却被我们的一个随行中国士兵给搅和了，他一路上扯个母鸡嗓唱个不停，那嗓音比石笔划过石板发出的刮擦声还要刺耳。

我们沿着一条令人生畏的羊肠小道艰难地往上爬，苦力们偶尔会超越我们，他们大都在一根扁担的两头挑着两只钟形柳条筐，筐里装

云南高原

着鸡，这就叫"一举两得"：把鸡卖完，柳条筐还可以做可移动鸡笼用。中午时分我们在关口通道里面稍事停息，无孔不入的山间寒风袭来，我们无处藏身。开始还是满身大汗，不一会儿便冷得直打哆嗦。

赶骡人头儿来告诉我们有一头骡子有点麻烦。这位头儿是个皮肤黝黑、身体匀称的云南当地人，他碰巧姓马。整体上说这队赶骡子的人坚韧而开朗，整天乐呵呵的。他们每个人负责管理四五匹骡子，他们很少用鞭子抽打它们，而是用吆喝声或小石子丢它们。他们对赶骡子语言的掌握实在令人佩服，即使是我们的军马训练者都对他们十分羡慕。我经常一边奋力地爬上陡坡，一边欣赏他们用小石子投掷骡子的样子，听他们哇啦哇啦喊一通云南骂人话。

我们当晚投宿并待了一天的永昌是一个设有县长的不算小的县城，马可·波罗讲过中国人和缅甸人在这里打过一仗，县城四周全是有城垛的、经受多次围攻的石头城墙，而今石头缝里的荆棘和树根已经将灰色石头撑开，石头城墙已经快要崩塌了。昔日漂亮的石拱门还在，上面还有精巧的雕刻，檐角上有形状怪异的动物石雕，可是时间和风雨让这一切都失去了昔日的光彩。就在一个城楼上，一株仙人掌长得很是得意，活像帽子上的羽饰。

我们逛了巴扎，随便买了些小东西，也看了看当地人是个啥样子。和所有巴扎一样，这里也是既脏乱不堪又五花八门、令人惊叹。这里有屠户档口，制成状似锅盔的风干鸭子连同内脏，还有另外一些看起来令人恶心的肉一起挂在一根木梁上，引得苍蝇到处乱飞；卖糖果的叫卖结成块状的、胆汁色的糖果；药店里卖的药每一样都具有非凡的魔力，鹿角作为一种灵丹妙药摆在那里售卖；旧货店里应有尽有，从旧大烟枪到旧军服的纽扣，《一千零一夜》里的商人组成了这个东方的贸易。你也可以看到注了水的猪，形形色色大小各异的狗儿还在龇牙咧嘴，当然还有鸡。令人惊讶的是，这里卖的几乎全是公鸡。中国人很节俭，不等到鸡完全长大绝不会杀了吃肉。这里到处弥漫着东方气息，无法用文字描述清楚，更令人难以忘怀。

这里的人自然是最有趣的。云南人的肤色黝黑，要比在我们的城市里见到的中国人黑得多。显然那是他们与当地人——比如傣人——融混的结果。他们普遍穿家织蓝布衣服。旅游者骑马经过时，就可以在路边看到妇女在编织、漂染那种布料。这里的穷人大都穿一件宽大的上衣和裤子，与我们的外套颜色差不多。较为富裕的人通常穿华达呢做的衣服。女孩穿着很干净漂亮，有的还戴有色彩明亮的头饰。小男孩穿宽大的上衣，但他们的裤子却很像古纳·丁[①]（Gunga Din）的裤子，起码从后面看可以说是这样。

他们的眼睛似乎都不大好。我们经常看到有的人完全失明，或者只有一只眼睛可以看见东西。戴眼镜的人特别多，而眼镜在旧货店里就可以买到。我试戴过几副眼镜，那些眼镜片不是别的，就是普通的玻璃。

年长的妇女用缠过的小脚一点一点地走路，年轻一点的，特别是年轻的姑娘们，摒弃了这种愚昧野蛮的习俗，这个功绩归功于国民政府。中国饱受知识的近亲繁殖之苦，现在它能够与其他民族的文化融合，肯定会有巨大的变革。

国民政府正在力图克服此类让西方政治家感到受挫的障碍达到此目的，他们向全国发布的命令尽可能的简单明了、通俗易懂，但是要传播先进文明，并使之卓有成效，就必须以非凡的勇气和毅力与多少世纪以来积淀的传统和偏见做斗争，而要达到此目的绝非易事。取缔妇女缠脚就是政府努力之一例。另一例是禁止砍伐森林，砍伐森林已经毁了，并且现在还在毁灭着这个国家的大部分。还有一条重要的举措是禁烟，禁止抽大烟。事实上我们一路经过的所有城镇都张贴禁止抽大烟的标语。可惜的是，在我们跨过国界进入中国时，我们看到的第一景象便是一个士兵侧卧着，头枕在一块石头上，烧制他的大烟丸。每个巴扎里都有数量不等的大烟枪销售商铺，生意很是红火。你在小旅店里住宿，多数情况都能闻到飘进你的房间的大烟味。我们见到过的县长中间，其中有两

衣衫褴褛的纳西人

汉族乞丐

位就有只有大烟鬼才有的眼白发黄、满嘴黑牙的特征。在现阶段人们似乎以破坏禁烟法律为荣。诚如杰克·杨所说的那样，"这样的禁烟令就如同美国当年的禁酒令一个样"。

在逛永昌的巴扎时，我们碰见4个藏族人，他们一脸山野村夫的样子，脚上穿的是毡靴，身上穿很厚的破烂皮袄，腰带上挂着打火石和火镰，与平和、坦然的平原地区的农夫及商人形成鲜明对照。我们试图与他们交谈，但他们听不懂我们说话，只是摇头、微笑。与他们接触，你会觉得好像有一股高山吹来的气息把我们带回到在喜马拉雅忍饥挨饿的日子。

过了一会儿，一个当地人跑来，十分激动地开始说话，脸上的笑容从未消失。显然看见我们他高兴得不得了。他不是个中国人。杰克·杨试图与他交谈，但还是没有让他听懂。后来我们一连用了印地语、土耳其语以及阿拉伯语想与他沟通，都失败了。无计可施的我们最后使用了法语，心想或许他是在法国传教机构长大的呢。那是我们所能使的最后一招了，最后他还是伤心地离开了。显然他来自于某个白人国家，而现在他却孤独地身处异乡。当他看见我们时，他也许以为这下可有人能理解他了。

正是在这偏僻的乡间集市里我们才深切地意识到我们的无知。毫无疑问在集市上的一些商铺里肯定有上好的青铜器和瓷器，只是无知者看不出哪些是真货哪些是赝品。克米特和我在药材店里看到一排排中国瓷罐，里面装满酊剂和粉剂药物。我们肯定那里面有一些是好瓷器，但要区分哪些是"绵羊"哪些是"山羊"，我们可做不到。

在永昌，我们看望了那里的县长，因为我们随行的士兵护卫需要替换。县长告诉我们，到大理府的旅程较之前要安全多了，因为前不久士兵们已经把匪首强哥（Change）及其2,000多名同伙打散了。

那天晚上我们经历了一次在荒山野岭旅行的人总会感到的威胁。克米特剧烈抽搐不止，也许是他吃了有毒的食物或喝了有毒的饮用水。一开始的确很严重。后来借助药箱里的药物，我们暂时让他的病情稳定下来。在紧急时刻我们派杰克·杨去找一位据说曾经在仰光学习过的中国医生。这个医生赶来时，最危险的时刻已经过去。他的药品都装在一个小锡箱子里，箱子盖上有颜色鲜艳的图画，他能说那么一点点英语。他一个字也没说克米特到底怎么了，但至少知道当医生应遵循的规矩：如果诊断不出就什么也不要说，而且要装出异常严肃的样子。

克米特很快就恢复了，虽然还有点虚弱，但第二天早晨还能继续上路。

过了永昌，我们来到平原地带，我们在那里看到3种不同的水磨。第一种是最原始的那一种。这种水磨是一根木梁，木梁的一端有一个槽，另一端是个木槌。水流进木槽，使木梁倾斜木槌升起。水从木槽流出后，木槌就落下砸到谷粒上。另一种水磨有一个中心轴，轴上装两个轮子，轴沿着一个撒有谷物的固定轨道转动。最后一种是第一种水磨的发展，更为复杂。一系列杠杆联动一批木槌上的多个杵工作。所有这3种水磨都有共同的特性：不需要多人去照看，能源也不花钱。

我们也看到正在打谷的当地人。他们使用的是连枷，和我们国家40年前使用的连枷一样，那种连枷现在只有在老农场的仓房里找得到。但两者之间也有一个真正的差别——他们的连枷末端是绳子，而不是木头，所以它们的效率一定不会高。

那天正值赶集日，路上人很多，都背着他们的货物到城里去。有各种蔬菜和蔬菜车，有鸡、鸭、木料、做棺材用的木板，以及布料。驮盐巴的矮马队的铃铛叮叮咚咚一路前行，他们11天前就启程一路走来。盐是立体结晶状态，一块大约有10磅，盐的颜色是脏脏的土褐色，不像我们食用的盐那样是白色的。

有好几次我们看见他们用筐子背着硕大的肥猪走过，有时是一个人在负重挣扎，有时则是两个人用一根扁担抬着一头肥猪。有一次我们碰见两个当地人抬一头猪气喘吁吁上山坡，筐子里的那头大公猪平静地用它的小眼睛向外望着，完全像个满洲大官在旅行。为什么会有这样的习俗，我们不得而知，可能的原因是猪不愿意自己走吧。如果它们要到集市上去，它们肯定不会是美国的猪猡去集市时的喜悦状况。

1月11日我们渡过澜沧江。这个季节的澜沧江河谷比怒江河谷更加崎岖难行。河谷两边的山更加陡峭，几乎没有被开垦，看起来还是它原始的模样，是地球上少有的无人区之一。澜沧江也不如它西边的姊妹河那样妩媚，河水泛绿，水流缓慢。

卢苏是我们的一个克什米尔用人，3年前在土耳其斯坦他就跟随我们。卢苏告诉我们澜沧江里有个叫克里木（Crim）②的妖怪。我们以前只在几千英里以外的巴楚（Maralbashi）附近听说过这个妖怪，那时我们坚持要在河里洗澡，可把我们的克什米尔随从担心坏了。人们都相信这个妖怪就在澜沧江里出没。克里木碰巧是个住在深水下面的怪兽，吃人和牲畜，有人甚至说它能吃下整个马队。对它的描述自然模糊不清，但都有一个相同之处，这就是：

更为可怕，更加丑陋，
梦里见到都会发抖。

无独有偶，巴伯在记述他的探险旅程时也提到关于澜沧江的这个传说，但他还没有我们的克什米尔随从知道得多，巴伯只说它是一条毯子鱼（blanket fish）。

那天晚上我们住在杉阳（Shanyang）。在这里我们才真正看到土匪给乡下无辜百姓造成的灾祸。镇上的大街一片残垣断壁，一排排的房屋只剩下焦黑的泥土墙壁和一堆堆废弃物。就在原先的房屋角落里，当地人就住在用竹子和泥土搭起的棚子里。当地的衙门被毁了，那景象与被摧毁的法兰西一些地区一般无二。我们问他们到底发生了什么，我们被告知一年前土匪突然来了，用火与剑洗劫了整个城镇。土匪的头儿叫勇

（Yung）。我很高兴地得知，土匪首领"勇"因那次劫掠后分赃不均被他的手下杀死了。

第二天，经过两小时的艰难跋涉，我们来到自离开缅甸后我们所见到的真正意义上的有绿色植被的旷野。这里有漫山遍野的苍松和杜鹃。那时只有一种杜鹃花在开放，鲜红的花朵与暗绿色的叶子对照鲜明，在整片山坡上，犹如《圣经》里描述的指引摩西的燃烧的灌木丛。

不知为什么，我们的骡子很喜欢绿色的松针，大口大口地嚼个不停——我可从来不知道骡子会喜欢这个味道。

第二天我们又一次接到关于土匪的警告。我们经过一座小茅草屋时，有人跑出来激动地与我们的6个护卫士兵交谈。后来才知道他们是警告我们前面有土匪埋伏着等着我们。因此我们走右边的一条小道，一个下午过去了，没发生什么事。

那个荒村野岭让我想起底波拉（Deborah）的一句话："通衢被占用，行人穿小巷。"我期望有现行中央政府的努力，"人民会被水源地的箭声所吸引而大展宏图"。

我们现在穿越的是一个真正的荒野。放眼望去，四周山外青山，连绵不绝。那里人烟稀少，一两个小时才能见到在陡峭的山坡上艰辛开出的一小片空地上有一两座茅草屋，小得连个名字都没有。

日落时分我们到达一个叫"蜡烛地"（Lachuti）的小镇，译成英语就是"制造蜡烛者住的地方"。那是一个很可怜的地方，只有五六家人和一家车马店，那里的出产似乎只有凶恶的狗和猪。这两种动物是中国这一地区最常见的动物，而猪更是不计其数。它们大小、体型各不相同，不分种类就散放在屋外或关在屋内。

天气变得越来越寒冷，每天晚上温度都在0摄氏度以下。我们带的铺盖是我们以前信任的伙伴，现在的确帮了我们不少忙。每天早晨，太阳升起以前，要从暖融融的被窝爬起来到冰雪覆盖的世界可不是一件容易的事。那天早晨，我起床后到旁边的岭上去，那时我离开的那个村子还在寒冷的昏暗中，苍白的太阳虽然已经将我眼前的原野照亮了，但那个村子却显得更加凄凉。

那天我们又一次被提醒会有土匪袭击。我们经过的第一个村子黄连铺（Huanglinpu）已几乎被荡为平地。一年前它就被劫掠过，匪徒仍不甘心，三周后又杀了个回马枪，将劫后余生的老百姓重建家园的企图打得粉碎。

第二天当我们翻过一个隘口下到永平（Yungpeh）③时，所有的当地人都认为我们会从土匪最猖獗的地区穿过。那天我们起得特别早，看不见太阳，这是我们探险以来第一个阴天。很快就下起雨雪来了。克米特、隋丹和我扛着来复枪步行。羊肠小道上全是淤泥脏物覆盖的石头，我们跌跌撞撞好不容易爬上陡峭的山坡。我摔倒了两三次，连来复枪以及其他东西一起倒在石头堆里，摔倒的响声大得与霍雷修斯（Horatius）剑下伟大的月亮神（the Great Lord of Luna）倒下时的声响差不多。骡子的境况也不比我们好，在货物的重压下，像谚语里在冰面上行走的猪猡一样，骡子行进艰难。我们采用军队行进的队形前进，稍微做了一些变化，为的是保护行李沉重的驮队。我派了两名士兵做先锋，克米特与另外两个士兵居中护卫，隋丹与其余的两名士兵殿后。我在头骡前50码的地方走，主要是因为我认为一个全副武装的白人与两个士兵一起的样子就足以打消对驮队有任何图谋不轨的想法。和我一起的两个士兵特别机灵，不顾路途的崎岖，忽前忽后小心提防着。可是不一会儿，什么都看不见了，树丛里大雾弥漫，从山谷升起，很快就将我们吞噬了。我不得不押后一点与大队伍一起行进。白色大雾中的赶骡人和骡子跌跌撞撞，看起来活像一群幽灵。

刚过中午，我们下了陡峭的山坡，来到一个开阔的山谷。至此我们还未看到一个土匪。或许他们也知道在这样的天气出来太不值得。

当天晚上我们住在低矮的墙垣围起来的漾濞镇。到达时我们已经浑身湿透了。我们住的那家车马店已经成了不折不扣的污水坑。我们把衣服脱光，换上睡衣。出于明显而实用的原因，隋丹穿了一件黑得和煤一样的外套。他额外带的外套或许就是我们所带的衣物里最惹人注目的了。它们是用紫色绸料做的，但他的其他衣物却达不到这个档次。他忘了带上在正式场合穿的衣物，所以当我们要拜访有地位的人士时，他就穿那件有一大片油污的浅褐色狩猎服。那是一件后背宽大得像袋子一样的外套。

第二天依然下雨，我们就从行李里拿出几把黑色大雨伞，那原是准备等雨季到了再用的。我们撑着这样的伞迈着沉重的脚步行进，活脱脱是困在荒岛上的鲁滨孙，满面胡须，蓬头垢面。中午我们围坐在一小火堆旁，我打着伞撰写这一章。当天晚上我们就投宿在这个常有小股土匪骚扰的镇里。在这里我们照例接到多次有土匪来袭的虚假警报。有一次一个驮队雇工气喘吁吁跑来说土匪正在洗劫前面一个村子。

第二天早上我们一队人马穿过大理湖④（Tali Lake）出口的险要峡谷，中午时分我们到达下关（Siakwan）城下。下关城就在大理湖边上，是该地区实际上的商贸中心。

我们在这里停下来安排货币兑换事宜。这是一件十分复杂的事。由于面额不同，尽管表面上都是货币，"一分钱"的相对价值则完全不同。标准当然是美元"Mex"，大约相当于我们美元的50美分。半美元硬币最为流行，纸币是最不通行的。两个半美元面值的硬币合成的一美元能顶纸币好几美元使用，20美分的硬币实际价值介于两者之间，120美分这样的硬币与两个50美分的硬币价值相当，造成这种情况的原因是善于钻营的官员们在境外铸造铜质硬币。还有情况更糟的，硬币的价值在大多数地方各不相同，在有些地方人们是根本不接受纸币和小面额的硬币的。而让我们更加不可忍受的是在不同省份货币制度也不相同，要弄清楚中国的货币兑换办法可要比弄清楚美国的收入税计算法难得多。

我们在那儿买了一些皮毛当礼物，那里的皮草也不多，不是生皮就是鞣制得很不好。我们挑了五六件鲜红色、像浣熊一样尾巴上有环状条纹的小熊猫皮。中国人把这种熊猫叫"火狐"。

下午我们沿着大理湖北岸继续赶路。湖水湛蓝，湖面几叶舢板，左手是白雪皑皑的山峰，山顶乌云低垂，时不时有阵阵冷风带着雨从山上吹泻而下。

黄昏时分我们赶到大理城，步行半英里湿滑的石子路后，我们来到"中国内地布道团"（the China Inland Mission）驻地，在那里我们受到W. J. 汉纳先生和夫人（Mr. and Mrs. W. J. Hanna）的热情招待，他们为我们安排好了一切，为我们寻找回永昌路上遇到麻烦的克米特，为我们又雇用了一些赶骡人，并为我们的厨师找了个帮手。雇个好厨师一直是个麻烦事。以前有两次我们成功雇用了一个中国小伙做厨师，但两次都是第二天一早驮队出发时他就拍屁股走了。这一次这个帮手说一种我们的用人谁也不懂的语言，但有一套可以相互交流的手势和笑脸，这一点还算令人满意。

在大理只有4个欧洲人，汉纳夫妇和两个法国牧师，尽管都很友善，但相互交流十分有限。他们偶尔也会聚在一起吃饭并用中文交谈。中文是他们唯一共有的语言。

我们在这里待了两天做事，也让我们的用人和马匹好好休息一下。大理是个十分有趣的城市，它曾经有过辉煌，比现在要大得多，但是发生在50多年前平定伊斯兰教叛乱的战争将这座城部分地摧毁了。今天还能看到外城墙的断壁残垣，但城内却是一片荒芜了。清早的城镇很是妩媚，旭日照在白塔上，看上去宛如晶莹的雪柱，塔后的山坡上是向上延伸的层层叠叠的墓冢，山顶上是皑皑白雪和层层的云朵。

汉纳先生无所不晓，他在这个国家生活了20多年，能说一口地道的中国话。他的大部分时间都在以帮助原始人类的方式讲经布道，帮助这里的人修身养性。这个国家的两大魔咒是大烟和贫穷，两者交织在一起层层为害。他告诉我们这里80%的人是瘾君子，这个比例后来又在宁远府的法国牧师那里得到证实。这里的人赋税繁重，税后所剩无几，只有靠无休止的卖命劳作才能勉强度日。没有公共福利，基本上不存在教育。而妇女的境况最为可怜，她们处在社会底层，日常劳作负重全靠她们，街道两旁看见的全是她们。她们中间有年纪小小的小姑娘，也有年纪大了的婆婆，一个个背着一个壮汉才能背得起的重物艰难行走。她们一生生8~12个孩子，最多只有4个活下来。汉纳先生说，他知道造成孩子死亡的情况多数是因为大烟中毒，而妇女中毒品中毒者居多。生活对她们来说是旷日持久的折磨，她们渴望早日了此残生。这里的人们自然地只知道他们周围的事。其他国家的人都以为这里的人生活在像约翰·曼德维尔爵士（Sir John Mandeville）描述的那样一个奇妙的国度，那里应该是一个女性社会，那里的女人长着尾巴，而最稀奇古怪的要算那里的人肚子中央有个很大的洞。有这样一个人，可以说他几乎没有肚子[5]，如果他要到哪儿去，他就雇两个脚夫用一根扁担穿过他肚子上那个大洞，两个脚夫把扁担扛在肩膀上，他就挂在两个脚夫中间走了。

汉纳先生还告诉我们，在他行医过程中也遇到过土匪劫掠的事。他们来治伤的时候，不是手和臂膀断了，就是头上、身上严重受伤，往往是伤口没有得到处理，有蛆爬来爬去。中国当局对强盗的战争也同样残酷。就在几个月之前，当局又发现土匪头子住在离下关不远的一个村子里，派兵包围了那个村子，然后开火。没有一个人能逃脱得了，男人、女人、孩子，不是葬身火海，就是被士兵开枪打死。

我们在大理的两天里，汉纳先生和夫人给我们做了最好吃的饭菜。只有那些数周以来，像全凭生活在丛林里的伊斯兰教徒做的鸡肉果腹的职业运动员一样的人才能真正欣赏什么叫美味佳肴。有一天我们吃烤牛肉，虽然有点硬，我们还是吃得一点都不剩。汉纳先生道歉说，只有在牛快老死的时候，云南人才会杀牛。

我们要走的头天傍晚，我们向汉纳夫妇道晚安，这时听到院子里一阵骚动，借着闪烁的灯笼的光，我们看见阿兹扎，就是我们留在史蒂文斯处的那个克什米尔人。阿兹扎满脸堆笑地说："史蒂文斯在后面。"我们一起走到街上，看见史蒂文斯的骡队正沿着石子路嘚嘚地走过来。不一会儿他便骑着那匹在腾越走失的灰色小马出现了。我们很高兴又见到他。他要独自穿过我们与丽江（Likiang）之间的那个据说土匪出没的地带，我们一直为他担心。那天傍晚我们安排了另外的骡子让他和我们一起骑。晚上我们就安心地钻进睡袋入睡了。

注释：

① 美国电影《古庙战笳声》中的印度人主角，带贬义。——译者注
② Crim 这个词有罪犯的意思。——译者注
③ 疑为 Yungping 之误。——译者注
④ 洱海。——译者注
⑤ 那个洞太大。——译者注

第四章 云之南

（克米特·罗斯福）

20日早晨，我们收拾好行装和驮子，把马帮集合到一起沿湖进发，开始了我们向丽江进发的第一段旅程。如果你停下哪怕一天，再要想召集人员成行都将是十分困难的，因为要给史蒂文斯再雇骡子，所以我们的情况会更加复杂困难。因此我们出发时已经很晚了，尽管跋涉还要持续到天黑以后，一想到天一黑就有月亮帮我们照亮征程，我们心里多少有点安慰。

大理湖大约有25英里长，但没有一处的宽度超过3英里。湖上有很多来来往往运送农产品的小木船，船老大还捕鱼以维持生计。湖里的鱼我们品尝过，不怎么好吃。人们告诉我们其实湖里有两种鱼，一种按他们的描述有点像鳟鱼，是餐桌上的佳肴。我们到达大理湖的北端，在那里我们看到了鸭子和鹤。我们要是再早一点出发的话，或许我们看到的鸟类会更多、更令人兴奋。史蒂文斯在那里收集了一些鸟儿和两只松鼠。

赶骡子的人嘟嘟囔囔地抱怨我们这样披星戴月地赶路，我们给他们解释说，他们完全没有必要抱怨。我们告诫他们，晚起程就意味着晚到达。不过无论怎样的经验教训都无法说服这些见异思迁的赶骡子的人。

我们赶到了邓川（Tengchwan）。那个城墙围起来的小城是我们投宿的地方。我们到达时，城门紧锁，经过长时间的交涉，最终我们从门缝里递进了我们的名片，城门这才打开。我们的每张名片都印有中文，事后证明这样做在很多类似情况里都很有帮助。在多数情况下，英文名片无法辨认，中文名片既保证了信使通关，又帮助我们给骡子弄到了饲料。唯一的旅店又小又脏，马棚里骡子又嘶又踢，赶骡子的人高声吆喝，驮子掉落，一片混乱。等到混乱停止，稍稍安静下来时夜已经很深了。

第二天，我们沿着那条大运河行进了一段路程。从北面注入大理湖的那条河就是从那条运河流出来的。那天正好是集市日，我们的驮队从川流不息的行人里艰难穿过。倔强的驴子和矮马，驮着沉重的柴火向我们挤过来，差点就撞上我们。粗壮的农夫背着新打造的橱柜，女人头上顶着高高的蔬菜篮子。最出彩的要算那一筐筐红辣椒了，一筐一筐，重重叠叠，红红的辣椒从筐条缝隙探出头来。这里又走过来两个小伙子，用一根木杠子吊着筐，抬着一头猪。那猪将头伸到筐子外面，脸上一副无所适从的蠢相。这里人们使用的抬具有3种样式，一种是阿尔冈金族印第安人那种肩带式，另一种像一些美国印第安人那样，用一根带子绕在前额上，还有一种是将木制的辔头架在脖子上。有时也会看到有后面两种负重方式结合使用的情况。

我们夜宿牛街（Niukai）。牛街附近有一些温泉，我们一到，就收到我们的克什米尔向导传来的消息，说城里有一家土耳其浴堂。杰克和我一道出去勘察。我们发现那里的情况是这样的：一个石水池上建了一个木棚子，一个水槽将水从温泉引到池子里，这就是土耳其浴堂。当然还有一个出水口。成年人和儿童一起挤在水池边，水上漂浮着可见的异物。对于任何一个3天前才在大理府享受了迷人的温泉浴的人来说，这里的温泉浴没有一点诱人的地方。

对土匪劫掠的恐惧一直伴随着我们。从大理府来的将军和他的整个军队（我们从未搞清楚到底有多少人）就在离这儿不远的地方扎营，其特别任务就是征讨武装匪徒。当地的县长告诉我们，将军会派一些正规军士兵，第二天一路护送我们，穿越被认为是匪徒们的特别狩猎场的地段。我们派人给将军送去县长的信函，将军回复说他没有多余的正规军

赶集

云南"干道"

士兵可派，建议我们绕道。虽然一直警告我们这条路有多危险，将军最终还是给我们派了十几个民兵护送我们。

我们到甸尾（Tienwei）①去的第一阶段旅途要经过的地方确实是土匪出没的好地方。松树覆盖的高山吞没了我们，在山岩上凿出的羊肠小道在山间弯弯曲曲穿行，有时宽不足三四英尺，两边是高10～12英尺的石壁。一群肩扛背驮粮食蔬菜以及生活用品的男人和女人也趁机利用我们来保护他们。他们夹杂在骡子队里，但他们人数众多，我们最后不得不让他们都跟在骡子队后面。

漫长蜿蜒的上山路把我们引到高山草甸，围在草甸周边的是松树覆盖的山岭。我们走过一座茅屋，茅屋前一队士兵看着我们从屋前走过。他们是正规军士兵，武器装备和防护都比我们征召来护送我们的衣衫褴褛的民兵好得多。后来我们得知，他们试图从给我们赶骡子的人身上索要钱财的企图失败了。向前行进了四五英里后，我们听到后面有枪声，我们的随从解释说那是土匪与我们路过的那些士兵发生了冲突。

在行进中，我殿后。当我们从草甸向下走的时候，鱼贯穿过一个村子，与一个手里端一杆老式枪、怒气冲冲的村民争执起来。他试图阻止我们的同伙通过，但没有完全奏效，他气得语无伦次。费了好久，我才弄清楚他怨气冲天的缘由。他期望收取过路费，以保证我们的安全，但是他到底如何能做到保护我们，却无从知晓。或许我们的护兵已经得到了某种酬劳，因为他们与那人激烈争执，把那个无能的村民逼得气急败坏、指手画脚。

中国人把我们正通过的那个地方的居民叫作民家（Minchia）②，中文意思很简单，就是"居住者"的意思。云南这一地区对一个人种学者来说可是得天独厚，但由于缺少文字记录，不管以往的研究有多广泛，许多结论仍属推测，甚至当地有没有原住民的遗存，都一直存在很大猜想成分。现在生活在这一地区的各个部落很可能是移民和外来入侵者的后裔。在这个相对狭小的地区可以发现摩梭人、彝人、满人、民家人和纳西人，而汉族人多多少少都与这些部族人通婚、融合，但还没有给人足够大的影响，还不能够让人预见他们在今后的漫长岁月里不这样做。

我们沿途遇见的民家姑娘眉目清秀，脸颊红润。如果她们周日的洗浴来得再频繁些，她们肯定会非常好看，更加迷人。但在多数情况下，她们苹果一样的面庞带有人工修饰的特征，化妆品显然很是廉价，并十分充足。这里的男人和女人都穿着家养牲畜生皮做的外套和夹克。我们从一个村民身旁经过，他穿的漂亮外套是用黑熊皮做的，熊毛通常是留在皮上的，而且穿在身上时毛是向外翻着的。

我们的人夹杂在整个骡队的不同段里，以保护骡队不受可能的袭击。我们雇用的几个克什米尔人也知道驮子的特别价值，克什米尔人贾法尔·锡克与泰德、隋丹、我，远远隔开。贾法尔偶尔看见他上方的山边上有一只黑熊，就在他所描述的来复枪的射程以内。

我们发现甸尾是个迷人的村庄，坐落在一个不算小的湖边。刚一进村，就看见栗子树丛里坐落着一座庙宇，庙宇门口有中国传统的石狮子守护，周围散落着石拱、石柱和不大的神龛，都把人引向主庙区，那里才是巨大圆柱门廊、宽阔的庭院和主祭坛所在。尽管秋意已浓，这里树叶依然翠绿，草木葱茏，花儿依然芬芳，一派夏日之浪漫，让人急切地想看个究竟。

从大理府出发的第四天我们穿过一座不小的、城墙完好的城，这个城的名字叫剑川州（Kienchwanchow）。这座城与我们见过不少的那些被劫掠一空的村落不一样，它似乎特别的繁华，城墙修缮得很好，还有许多正在建造的房子。主街道两旁商铺林立，望不到尽头。也许剑川州是一个未遭受劫匪骚扰的避风港，因此房地产价格肯定高得离谱。我们继续前进，一路上看到大批扛着松木板的苦力涌向城里。有一队人背着的是有传统图案的沉重的棺材板，若按价钱计算，一副棺材板的价钱足可以将死者全家人推到绝望的债务深渊。

我们正通过的河谷海拔8,000英尺，一到冬天，周围山上积雪皑皑，让农舍和村庄周围的鱼尾葵看起来十分别扭。野蔷薇和扁桃树丛繁花锦簇，偶尔也会有一丛樱桃树给冬日田野增添一抹格外的颜色。

我们一路上经过的路边神龛不计其数。一座石桥边有一座祭坛，祭坛上坐着一尊笑容可掬、肥胖的笑神，相当于家喻户晓的日本布袋神（Hotei）。

史蒂文斯带进来两只红麻鸭（brahminy duck）和一只亚洲特有的罗纹鸭（falcated teal）。除了科学研究价值外，它们也是美味佳肴。

第二天我们到达了丽江，一路风景如画，远处是山腰松树覆盖、山顶白雪皑皑的高山。这是我们第一次踏雪行进，天气清冷，与长岛10月份后半月的天气相仿。午饭后在松林里休息了片刻，我们就上路穿越最后一个河谷，翻过最后一道山梁，下到丽江，它的后面就是21,000英尺的玉龙雪山（Mount Satseto）。

圣灵派传教团（Pentecostal Mission）的安德鲁斯先生（Mr. Andrews）骑马出来迎接我们。安德鲁斯先生出生在英国萨默塞特（Somerset），但是他的妻子是出生在美国克利夫兰（Cleveland）的老乡。我们一再婉谢他们的招待，但最后还是他们赢了，我们原来打算在车马店过夜，最后还是住在传教团驻地。蓬头垢面的我们能享受如此款待，原因可能是那个地方的外国人实在太少了。自从安德鲁斯先生到任后6年来，他见过途经此地的外国人不超过5个。我没见过比安德鲁斯先生和夫人更和善、更不怕麻烦的人了。

我们随即和安德鲁斯先生一起开始安排盘缠、食物以及骡子事宜，我们很幸运找到了一位愿意在打箭炉赊给我们4500元[③]（相当于1800美元）的商人。第二天那位商人问我们愿意的话他派两头骡子随我们一起出发，我们同意了，条件是他必须派一个赶骡子的人照顾那两头骡子。随后两个驮子被送来了，但是既没见骡子也没见赶骡子的人，只送来一盒中国点心和炼乳作为礼物，装礼品的木盒子外面绘有图案，甚是艳俗。我们很快就明白了，我们的这位朋友要赊给我们现金就是要我们自己的那两头骡子还有赶骡子的人！我们想重申我们原来达成的协议，但驮货物的骡子没到，赶骡子的也没见露面，我们只好将两副驮子留在驻地院子里。

安德鲁斯先生真是个不知疲倦的人。他显然在当地人缘极好，深受大人的爱戴，但最敬仰他的是那里的孩子们。我们和他一起度过的那个晚上，一共有217个孩子聚在一起唱赞美诗，然后听简短的演讲。有时他会给孩子们放映幻灯片，给他们讲那里面的故事。无论我们走到哪里，都有一群孩子簇拥着，活像一群海豚追着一艘远洋航船嬉闹。有些孩子看管安德鲁斯先生家的狗，防止它和这里的杂种狗咬仗，另一些或为安德鲁斯先生跑差，或提醒城里的商户们我们就要造访。他与所有的孩子都嬉闹玩耍，我们在一旁就成了为这样的善举唱赞歌的吹鼓手。

杰克拿着我们的名片去拜会县长，带回来令人不安的消息：当局说有一股800人的西藏流窜作案匪徒就在附近出没，所以我们不被允许继续向前进发。我们听说当局派兵想将这些土匪赶走，但派去的士兵自己反被击溃了。这次节外生枝耽搁了我们一天时间，后来我们弄到了通行证，并雇了5个当兵的做我们的保镖。

耽搁的那一天并没有被浪费，在安德鲁斯先生的帮助和努力下，我们将长途跋涉后明显疲劳的骡子换成了小马，此外我还从他那儿得到了一匹健壮的小白马，这是一匹早就已经适应了这种艰苦旅程的小马。我们又雇了一个由西藏人组成的马队作为辅助马队，这些西藏人身体健壮，脸颊轮廓分明，野性十足。洛桑（Luzon）是他们的头领。一个性格开朗、名叫阿九（A-ju）的纳西族人，赶着两头骡子要和我们一起赶路，更重要的还有一个叫宣（Hsuen）的人也加入到我们的队伍里来了。他出生在丽江，父母都是藏族，但他会说好几种当地的方言，还在传教会学了一些英语。他是我们在丽江碰到的唯一会说一点英语的人。我们雇用他做我们马队的头儿，带领善良肯吃苦的小个子陈昭林的那些不胜任的雇工。

丽江是一座繁忙的城。城中心广场上每天都聚集一大群做生意的，有买有卖，日常用品应有尽有。那里人头攒动，气氛活跃，很值得去置身其中，与他们摩肩擦踵。

就在我们沿着窄窄的街溜达的时候，安德鲁斯先生给我们指了佩雷拉将军最后一次悲剧式的远征路过此地时住过的那家车马店。

1月26日，又是一番无法使重新组成的马队按时出发的惯常拖延后，我们出发沿河谷上行，在随后的5天时间里，我们要穿过扬子江环绕的大山。虽然现在看不见那条江，但我们知道它就在我们的左边或右边不远的地方。

作为第一站，我们在河谷里一块突出的岩石旁边生火搭起帐篷。那块岩石就在玉龙雪山21,000英尺高的扇子陡峰下面，我们就在离峰顶13,000英尺的地方扎营。西藏人好像对寒风毫无感觉，根本不把让细小的雪粒无孔不入、几乎要把我们从被窝里卷走的大风当回事。

早晨起来可不是一件令人愉快的事。除了雇来的几头骡子和几匹小马外，我们的马队有一半走失了。我们找了好久，焦急地等待，心里预感到有什么不祥的事要发生，最后除了我们的两头骡子都找到了，西藏人除了一个以外其余全不见了。杰克的小马也没有再回来。我们对驮子做了些调整，出发向前走了不远，在一处有遮拦的避风低洼处扎下营来。这里有一条潺潺的小溪，冰川的白色川峰就在我们头顶上方。我们搭好帐篷，大吃了一顿。泰德和杰克在外面下了网套，抓了4只老鼠，4只老鼠属于两个不同种类。

第二天我们向上前进了一点，我们的克什米尔雇工称其为"上行"。我们现在置身冰雪世界，那天晚上我们就在一个毫无遮挡的低洼处一间孤零零的彝人木屋不远的地方扎营。原先留下寻找走失的骡子的雇工这时也赶上来了，他们说什么也没有找到。天气实在是冷，用冻僵的手在这样寒冷的天气里制备昨天抓住的老鼠可真不是一件开心的事。晚上克什米尔雇工的帐篷被大风吹倒了好几回，我们也一直准备着我们的小帐篷吹翻被埋的那一刻。幸好我们的帐篷还算结实，但那天晚上确实冷得受不了，我们每个人心里都在盘算，明天到达目的地，不管有多晚都要尽全力把帐篷搭在有遮挡的地方，以抵抗从山上咆哮而下的寒风。我们都能在那风还未吹到我们身上之前，就听见它刮过树梢时发出的呼啸声，这就足以让我们有时间在恐怖中等待就要降临的劫难。

这里每天都要下雪，时不时还有阵阵冰雹。我们穿过冷杉、松树、铁杉、云杉树林，那里偶尔也会看到一丛丛橡树。这里让人联想到的人物包括洛克（Rock）、福里斯特（Forrest）和金登·沃德，这里也是植物学家的快乐狩猎场。雷金纳德·法勒（Reginald Farrer）的《彩虹桥》（*Rainbow Bridge*）和《世界屋檐》（*Eaves of the World*）讲述他在甘肃省探险旅行的经历，他的叙述令人愉悦。但他的作品都与这个国家的南方或北方有关，缅甸才是他最后一次探险并遭遇死亡的地方。我最后一次看见我们的同胞约瑟夫·洛克（Joseph Rock），是在返回云南前他与我在纽约一家叫"印度之家"的餐馆一起吃饭的时候。在丽江我们听到好消息说我们会在永宁（Yungning）找到他。

很少有人对这一地区的动物做过研究。罗伊·安德鲁斯（Roy Andrews）和埃德蒙德·赫勒（Edmund Heller）曾经对云南这一地区做过一次普查，他们向北最远只到达过丽江。洛克和福里斯特都在他们的闲余时间收集鸟类，并将其变成格外有价值的藏品，但是他们的努力后来很自然地转向了植物学研究。

史蒂文斯对进入那个从很多方面看都是一片未被开垦的处女地的地方兴趣很大，而我们也因为那里有大型动物之故兴趣不比他差。如果有人已经在这一地区猎获过大型动物，他肯定也没有留下任何记录，这一点符合对这一地区的综合研究，也同样适用于零星的狩猎记录。从洛克那里我们听到过关于牡鹿、羚牛、鬣羚以及喜马拉雅斑羚的传说，但是洛克是个性格谨慎的人，他往往随后会补充说他从不带猎枪，他的兴趣在研究植物，对大型动物从未关注过。

山谷棚舍

第四章　云之南

风雪笼罩的营地

1月的最后3天里我们继续在这些树木茂盛的山里探索。一眼望去，山峰高耸入云，层峦叠嶂，似乎不可能有什么路让你穿过这样的迷宫，但是千折百回的羊肠小道上山岭、下河谷、绕山腰，一路蜿蜒颠簸，却始终不偏离向东北方的大方向。

我们的八莫赶骡人，除陈昭林外，一点忙都帮不上。他们什么时候都是懒洋洋的，毫无用处。眼下他们又完全不能适应严寒和冰雪。行路十分艰难，特别是太阳刚晒了一两个小时，雪才融化了一点儿，那时情况更糟。听说这里常有豹子出没，凶狠异常，但我们只看到路上豹子新近留下的脚印。

有一天晚上特别冷，又有两匹马走失了，再也没有找回来。那天下午我们的跋涉最为艰苦，我们到了一处隘口，然后从那儿又要下到15,000英尺深的谷底，然后再爬上一个陡坡，再次下到扬子江河谷。一头八莫骡子整个累垮了，随后又有五六头骡子也垮了，即使把驮子全卸下来或驮一点点都不行了。这可让我们犯了难。它们不仅因为长途跋涉精疲力尽了，而且因为我们的赶骡人无能又不经心，加重了情况的恶化。陈昭林和我们在大理府接受的福里斯特以前的仆人曹（Tsao）也出现了高原反应，时不时要在雪地里躺下休息一会儿。他们的同伴对他们的痛苦也漠不关心，要不是泰德意识到曹的情况不好，可怜的曹会被落在后面，死在荒郊野外。

我们第一眼看到的扬子江是一条银色的细线，远远的在我们下面流过。那里没有开阔的河谷，江水似乎从一个深而窄的峡谷流过，两边是陡峭的石壁。

过江前一天晚上我们投宿在奉科（Fengkow）的彝族小草屋，那天晚上村民都跑出来围看我们和我们的穿着打扮。他们不管年龄大小，所有村民都留着老式的长辫子。除了我们的藏族赶骡人，此前我们从未看见有人还留长辫子，因为根据新的习俗和命令，中国人早就把长辫子剪了。

第二天早晨泰德和我带着卢苏以及另外的4头骡子提早出发赶在马队前到达永宁，在那里我们要为以后向打箭炉进发的3个礼拜的行程雇用几头骡子，并买些必需品。一个半小时后我们到了江边，这里的海拔是4,000英尺。过江的渡船让泰德想起《荒唐书·"乱七八糟"》里面"Jumblies"④渡海坐的木筏子。每过一次后就要拼命地捆扎一番，才能再摆渡。骡子倒是很轻松地越过渡船高高的船边上到船上，但是泰德的矮马却从未有过这样的经历，上船颇费了一番周折，要让它上到船上，只有让它接受一期体操训练，不然它绝不会踏上那渡船一步。

过了江一小时后，我们在我们的一个赶骡人家所在的村子停下来。这个赶骡人相貌端正，他是我们在路途中遇见的。他没有辎重，我们就说服他让他的骡子分担一些我们那些疲惫不堪的骡子的驮子。他要的费用够低的了，每头骡子一天还不到30美分。

我们主人的房子证明他有一个殷实、有影响的家。他家的房子围着一个院子建造，房子底层的主要部分是个宽大的厨房，支撑屋顶的椽经几代的烟熏火燎已经被油烟熏得漆黑，厨房墙上挂着骑马用的马具、刀剑和老式的火铳，神龛里供奉的是常见的主家事的神，祭祀用的铜器在昏暗中闪闪发亮。我们就在楼上正对祭台的阳台上吃午饭，祭台建造精致，装饰华丽，有神像和黄铜香炉，两边的架子上摆放着用古老的雕花木片装订的、被收藏家称作"原板"的经卷。

我们出来继续赶路，这才发现泰德的矮马因吃太多青豆而患上腹痛，我们的东家同样认为是吃了过多的青豆的缘故。他从袍子里怀掏出一个银色小药瓶，从药瓶里取出一撮鼻烟一样的粉末，用一根金属管子将那粉末吹进矮马的鼻孔里，一连吹了两次药，每次都确保不让矮马打喷嚏，那样就会把药粉喷出来。你还别说，那药还真的有效力。

我们用了一个下午时间爬上一个陡峭的山坡，在一个山民的茅舍过夜。上坡途中我们有几次听到藏鼓"隆隆"的声响，从一队队敲锣打鼓的当地僧人行进队伍旁边走过。就我们所知，那些僧人不是正宗的喇嘛，而是当地带有巫医性质的人。在一户人家周围集聚的就是给人治病的一群巫医。

第二天我们早上六点半就出发了，那天我们有好几座陡峭的山坡要爬。要分清哪条路是主要道路其实很容易，只要看看路上是否到处都有磨坏而被丢弃的草鞋就清楚了。路越是崎岖坎坷，路上被丢弃的草鞋就越多。路上低洼处的雪积得很厚，我们牵的马在我们后面艰难前进，上山下山不时在冰上跌跌撞撞。经过8个小时不停歇的行进，我们来到永宁一座喇嘛寺。喇嘛寺墙外面一个个小茅屋挤在一起形成一个村落。寺内有一座大殿和数座小殿，还有一些房子，大小不一，那是供喇嘛住的。

我们的到来受到方丈的热情欢迎。方丈告诉我们洛克博士住在一个湖心岛上，离这儿有骑马3小时的路程。我们派人给他送了个信，然后就着手忙着安排补充新骡子和给养、增加设备的事了。我唯一的一件外套被风吹起的篝火火星烧破了，慈悲的方丈让我用他做袈裟的藏族家织黄色布料缝补，于是我也部分地成了一名黄教喇嘛。寺院又给我们准备了一顿丰盛的晚餐，镶金象牙筷子取代了刀子和叉子。当晚我们就住在方丈的住所里。那是一个有3层的石头房子，中央是一个很大的院子。方丈住所的门外面用链子拴着一只猴子，那只猴子脾气暴躁，喜欢狠狠地撕咬不小心的过路人的衣服。

我们曾经希望能找到一个巴扎，但这个地方根本没有，买东西只能在私人家里买。我们还是设法给曹和陈昭林买了几双厚靴子，但是我们的猎人的脚比当地人的脚大，穿不上他们卖的靴袜，所以无法让猎人的脚穿得舒服点。如果我们知道前头会发生什么事情的话，我们就会充分利用在丽江巴扎的机会多买点必需品。

第二天早上我们又从喇嘛那里借了两头驮人的骡子，这样就可以让我们的矮马休息一整天。我们骑骡子出发去见洛克。我们用的是中国式的马鞍，马镫的脚踏是圆形的，不管是脚后跟还是脚趾都可以踩上去。有时你会看见有的骑手一只脚用后跟踩马镫，而另一只脚用脚趾踩马镫。

　　两小时后我们见到了洛克博士。四五个月前我就给他写过信，那时我还在纽约，我告诉他我们的计划，并说我们的路线有交叉的可能，可是从11月初起他就收不到邮件了，所以我们的突然造访对他而言完全是个惊喜。他问我们的第一个问题是总统选举结果如何。我们将我们掌握的古老新闻告诉他，也给他讲了一些世界大事。

　　我们回到喇嘛寺，我们发现隋丹和准备停当的马队在等我们。有些八莫骡子已经累垮了，无法拖着沉重的辎重穿过寒冷的山区到达打箭炉，于是我们就想办法将这些骡子换掉，换上新骡子，最后我们设法雇了一位喇嘛与我们同行，看管15头新骡子。他身材高大，有相当的关系背景，他的父亲是个土匪，他的兄弟，人称巴隆楚杰（Balung Chu Dje），是一个凶神恶煞的化身。因为有这样的神祇附体，他都能将刀刃扭成结。与这样的人为伴可是够危险的。那些想从他那里得到预言的喇嘛们可不想在他手下受罪。他的前任就亲手杀死过一个喇嘛，而我们这位赶骡子喇嘛的兄弟绝不会吝惜使用他的拳头。还是在喇嘛寺里的时候，我们看见过他在神灵附体的状况下将刀刃折弯。当然在这些时候是无法让神灵附体时的他为自己所做的事负责的。

　　为了完成马队的更换我们必须等一天，于是我们利用这个机会与洛克博士一道骑马去看河谷里一群群鸭子与鹤。我们用我们的斯普林菲尔德来复枪各打了一只。隋丹第一次骑上了一匹杂色矮马，那匹矮马是我们用骡子换来的。那匹矮马精神饱满，但没有丝毫野性，是长途跋涉的理想坐骑。我们的克什米尔雇工也学会了一些英语单词，不过为了念起来更方便，他们改变了那些单词的拼写。于是"stew"（炖汤）就成了"mickus"（杂烩），隋丹的坐骑很快就得一美名"米克斯"[⑤]。

　　回到喇嘛寺，我们碰到一群纳西族巫师就在寺院墙外作法。他们就地搭了一个祭台，祭台前面摆放了一个猪头，两边经幡排成了一条通道，一个人手持一把木尺子，尺子上刻有奇怪的人形和兽形图案，他用

永宁喇嘛寺外作法事的巫师

洛克博士、克米特·罗斯福和宗觉（Tsong kwan）、永宁喇嘛寺方丈、小西奥多·罗斯福和卡尔·隋丹·卡汀（从左至右）

尺子在麦饼上印上人形和兽形图案，然后将面饼抛撒给邪恶的鬼魂。有四五个人敲着有大有小的鼓和钹。他们这是在给一个病人治病。在寺院里的喇嘛与这些乌合之众之间，好像有一种"和平共存"的关系。借助喇嘛的帮助，我还买下了那把木尺子和一只小鼓。

方丈领着我们看了寺院里不同的佛殿，那些佛殿里没有什么特别的佛像或壁画什么的，但都不俗丽。"昏暗的佛光"给人的印象深刻，木地板被用牦牛油擦得油光可鉴，只是那种腐臭气味不能令人愉快。在一个小一点的佛殿里，一名年长的喇嘛正在念经，他的周围是各式各样的古老武器。从一个人扛着，另一个人开火，后坐力会将两个人都掀翻的火绳枪，到各种老式的大口火铳，这里应有尽有。

我们很快就从洛克博士那里了解到这里如何的不平安以及保护他的收藏品是何等地令他焦虑。小的抢劫时时刻刻都在发生。就在最近，一些彝族劫匪绑走了65个永宁农民，喇嘛们正千方百计地把他们赎回来。关于更大匪帮的传说更加令人不安。张结巴（Chang Chi Pa）及其同伙就在附近流窜。张结巴原先是个赶骡子的，他有一个特别邪恶的名声。洛克引用了大家都相信是事实，而他自己也部分信以为真的一句传说：张结巴每天要吃一颗人心。洛克的一个喇嘛朋友就是被张结巴抓走吊在树上，脚上又给吊上石头。尽管绳子被及时砍断，人也被救下，但是已经是终身残废了。土匪的恶行数不胜数，这些恶行在一位天主教传教士那里得到证实，因为这位传教士就被他们劫持过。有时张结巴的同伙可以达到5,000多人。最新的传说是他已经与藏族土匪合二为一危害百姓。对于这些藏族土匪，我们在丽江时就早有耳闻。最初这些土匪合并的目的是要攻陷永宁，但目前他们的计划是先拿下丽江。洛克的收藏分放在这两个地方，所以他对目前的情况忧心忡忡。

由于有洛克的协助，我们的驮骡更换问题解决得很是令人满意。我们遣回了八莫赶骡人，事实证明他们太懒惰，做事没有一点效力，所有的活都是雇工的领头陈昭林在做。我们发现他做事格外认真，十分尽力。他对跟随我们一起出征表达了急切的愿望，于是我们就指派他负责我们的坐骑，同时协调我们那些驮行李的骡子。当我们告诉他，他可以跟我们一起走时，他高兴得不得了，坚持给我们每个人正儿八经地磕头，也就是用前额连续碰触地面3次。

2月5日我们离开了舒适的喇嘛寺，临行前给主人送礼物的事让我们大费了一番周折。人在出征前总是不知道应该带些什么礼物，因为即使地位相同的人其情趣也大不相同，同样一个礼物在一个场合很受欢迎，在另一个场合可能就大错特错。我们发现这里相互赠送的最好礼物是一种自动发电的手电筒，刀子常常是很受欢迎的礼品，还有袖珍刀叉剪套具。我们带的麦克莱伦马鞍被这里的人异常羡慕——我们得到过一副中国马鞍，我们把它与我们带的马鞍扔在一起充数——我们现在很后悔为什么出发前不多带些给我们的雇工使用，那样以后就可以作为礼物送给他们。

第二天，洛克博士整个上午都和我们一起骑马行进。他告诉我们，他知道前面两天的路程那儿会看到黑鹿，他又给我们派了两个纳西族用人。河谷里的那一段路很美，但也很清冷，在这样的海拔看到水牛令人觉得很不适宜，要知道那可是海拔接近10,000英尺的高原，看到水牛我常常联想到的是在菲律宾看到的稻田，或是酷热难耐的印度加尔各答街道。方丈无法告诉我们那些水牛是何时从何处又是谁带到四面环山的永宁平原的。

一路上我们遇见的农民谦恭得令人不忍心，我们经过时他们会退到一边，匍匐在地上不住地磕头。只是在最后几天我们才弄懂了西藏人表示友好、尊敬的方式：将舌头伸出并用手抓挠耳朵。

我们在一个彝族村子里雇用了3个当地猎手，我们打算分头狩猎。每个彝族猎手都装备了一支老式火绳枪。跟随泰德的那个猎手，一旦发现有猎物的新脚印，就一直把他的火绳点着。这些老火绳枪命中率很低，枪管与枪托用生牛皮缠着，以防枪管爆炸。离开彝族村庄后我们进入木里（Muli）王的领地，我们试图在一个茅屋再雇几个向导，我们被告知他们的国王不允许他的臣民打猎。

我们在半山腰扎营，正好赶上在高山草甸打猎。我们用抛掷硬币的办法决定出猎方向，隋丹赢了。其实也没有睿智的选择，不管向哪个方向出发，前头都有高山要爬。离开草甸不远我就进入一座茂密的松树林，树下积雪很厚，摩克塔·罗尼和我跟着彝族向导上了一道山梁，我们在那里很快就发现了黑鹿刚留下的踪迹。我们顺着黑鹿的踪迹走了一个多小时，什么都没有看到，只有两只雉鸡从我们下面的栎丛里扑棱棱飞出来。

越往前走树木越低矮越稀少，等到了山梁顶上，那里光秃秃的，唯有一道道幽深的沟壑。我们小心地往上爬到了一个视野开阔、可以将周围一览无余的地点，走在我们前头的彝族向导急切地示意我们赶紧过去，并且压低着沙哑的声音，说就在约150码外沟壑对面的石头间有一只鬣羚。这么远要打中它可不那么容易，但是我的第三枪还是把它放倒了，那只鬣羚翻滚了几次掉到谷底了。那是一只不大的雄性鬣羚。鬣羚是一种山地羚羊，长得有点像我们落基山脉里的山羊。这种鬣羚的毛色是暗褐色的，体格也不那么笨重。

泰德的当地猎手显然没有理解我们的打猎区域划分，在他们与我们会合前，我们就在回营地不远的地方拿到我们打的猎物。他们听到了枪声，几分钟后贾法尔·锡克看见两只黑鹿从前面山梁消失。泰德也在追踪新的脚印，但无法肯定他跟踪的黑鹿是否就是我跟踪的那两只。

我们把鬣羚的内脏取出，彝族向导将其一一拿回营地，多少还获得了一些鼓励。我们回到营地时天黑已久，我没有立即着手处理鬣羚皮毛，想等到明天上午再说。我们原本就打算在这儿过夜，天亮了打猎一整天。次日早晨五点半我们快快地爬出温暖的被窝，匆匆吃过早饭，泰德和隋丹就出发上山了。我没有像他们那样早起，因为我要先处理鬣羚的皮毛。鬣羚已经变硬，硬得和冷冻了的阿根廷牛肉一样。完成我的任务后，我开始这一天的出征。一路什么都没见着，只看见几只鹧鸪，我打了几只带回来炖。用斯普林菲尔德枪打鹧鸪，可惜鹧鸪皮已经千疮百孔不可做收藏用了。

泰德和隋丹什么都没有见着，尽管我们都发现了不少猎物的足迹，有一些还是最近留下的，我们还是觉得这个地区猎物不会很多，所以我们没有更好的理由在这儿耽搁太久。第二天一大早我们就收拾好行装，告别"Gibboh"⑥雪山，向木里进发。

注释：

① 今甸南镇。——编者注
② 今白族。——编者注
③ 当时的中国元。——译者注
④ 疑为Jumbles（混乱）之误。——编者注
⑤ 指杂色。——译者注
⑥ 疑为今四川省凉山彝族自治州鸡婆山。——编者注

第五章　木里王国

（小西奥多·罗斯福）

沉重的空气翻滚下来
藏族铜鼓的雷鸣声
咚咚咚——"唵嘛呢叭咪吽"。

——吉普林

　　打猎完第二天我们拔营出发，一路狂奔，直至木里。爬上一道陡坡我们到了Gibboh山顶关口。雪积得很厚，狂风肆虐，撕扯着在山坡上挣扎的仅有的几棵松树稀疏的枝干。极目望去，层峦叠嶂，横无际涯，陡峭崎岖得连能搭帐篷的一块平地都没有。我们经过的那段山顶能看到常见的石堆，石堆上各色布条迎风飘扬——那就是给关口之神灵设的祭坛。

　　我在世界各地都见过设在路边的神坛，其作用在抚慰长途跋涉者。我仍然记得在法国旅行中从它们旁边走过，那里供奉的是圣母或别的神祇。阿尔卑斯山里的有些险恶的关口旁也有一些神坛。在喜马拉雅山，每个途经的旅行者都会给石堆上加一块石头，这样的石堆都建在高山关口和险要渡口处。我在印度见过的石堆具有鲜亮的东方色彩，有的石堆神龛里还供奉象头神伽内什（Ganesha）造像。在这里，在中国的西南地区，桥旁边小庙里站立的神像往往是古怪的一脸凶相的神祇。可以肯定的是，没什么人比长途跋涉远走他乡的旅行者更需要保护了，即便是现在的旅行探险要比过去安全得多也照样如此。

　　过了关口，我们迂回而下到了河谷。我们经过的左边山顶上有褐色四方形石塔，走在我后面的我们的赶骡人头儿指着它说："木天王（Mu Tien Wong）。"后来我问杰克·杨那是什么意思，他说那是美神的名字，木天王周游天下（中国），凡有景色如画的地方他都建造一座房子，那座塔就是他建造的。

　　现在我们可以远远看见木里了，它紧挨着"Mitsuga"①山坡，就在不到两英里的一条峡谷的那边，看着不远，走到可得好几个小时。山坡上有一片深绿植被，城就在它的下方，远远望去，白色围墙环绕着白色的房子，一簇簇依山而建。

　　木里王国（The Kingdom of Muli）是中国西部能见到的那些被部分同化的小城之一，外部世界只是最近通过约瑟夫·洛克博士的照片和文章才对它有所了解。这里的教会和国家是一体的，因为它的世俗国王同时也是它的精神领袖。木里人都是佛教徒，因此他就被称呼为亲王方丈。藏族黄教喇嘛是禁欲者，自然王位也就由兄弟或侄子继承。王权是绝对的，目前的皇族是满洲家族的后裔。当然他们对汉人的入侵怕得要死，不久以前一位中国将军听说在木里西南部山区砻临（Kong-lin）部落居住区河流里有金子，就派人到那里告诉那里的人他要到访，因为部分地受木里影响力的激发，这位将军得到的回答是可怜的信使的耳朵被山民们割掉了。洛克博士发现他时，他正躺在永宁的旷野里昏死过去了。

　　我们跋涉了一整个下午。有两三个马队和我们擦肩而过，他们由穿着红色藏族服装的喇嘛带领，喇嘛头戴黄色帽子表明他们属于黄教，或者新教（reformed sect）。他们中间大多数都戴着配有银子和绿松石坠饰的项链及一个沉甸甸的象牙手链。有五六次我们看见路上有绿色树枝、杜鹃花或松树，上面都压着一块石头。我想那可能是前面的马队给后面的马队留下的指路标记。当得知其实那是为表示迎接几天后中国新年到来而留下的时候，我感到十分惊讶。

天黑时我们赶到了木里。城里鸦雀无声，未见人影，白色的庙宇在霜冷的黑暗中显得鬼影幢幢。我们的主马队白天就先于我们到了，他们已经安顿好了。我们刚一下马，两个管事的喇嘛就来看我们。他们都乐呵呵且大腹便便，其中一个还留了一撮尖尖的小黑胡须。和他们一起来的还有木里国王派的信使。木里国王当时在库鲁（Kulu）。他接到了洛克博士的信，他写信给洛克博士要我们去见他。信使还给我们带来了干牦牛肉和山羊肉，以及用皮袋子装的给工人和马吃的粮食。我们郑重地对国王和使者表达了谢意，并给每位来者赠送了一个机械手电筒和一个绿松石手链。交谈几句后我们得知要去库鲁拜见国王得花费4天时间，我们可没有那么多空闲时间，于是我们就写了一份十分诚恳的信解释我们不能拜见的原因。

第二天我们一早就集结好马队，但我们还是想先看看这座城的样子。我们让两个喇嘛做我们的向导，领我们去看城里主佛（their big Buddha）的寺院。那里的木雕佛像身披华丽的袈裟，令人惊叹。供奉佛像的大殿有一个石头围起来的院子，这个院子就是执行法律的法庭。在这里所谓的法律不是在国内我们所知道的那种法律，而是国王的意志。木里是个独裁的东方王国，在那里国王神圣的权力不容置疑。

法庭入口处两侧是鞭子和板子。板子约有3英尺长，一英寸厚，一端状似桨叶。可怜的罪犯被脱光后趴在地上，打板子的执法者要在打第二下的时候将板子打断，不然打板子的执法者自己就要挨板子。但这并不意味着惩罚的结束，还有第二个执法者替代他继续执法，受刑者往往不是被打死，就是终身残废。

就在这座房子里，我们在一间烟熏得令人窒息的小屋里看见一个喇嘛一边平静地念着他的经书一边喝奶茶。他给我们指着地板上一只威风凛凛的豪猪，那是国王的财产。我们用手杖碰触了一下它的尖刺，它立即发出像响板一样的"咔啦咔啦"的响声。

我们参观的另一个神殿里供奉着多个神祇。那些隐现在昏暗中的神像暗示着东方边远地区宗教的神秘和邪恶。有的神像雕造是为了表达愤怒，那些神像面目扭曲，青面獠牙。有的神像表情平静坦然，那象征涅槃。

两个喇嘛悠然自得，他们为我们敲那些带有仪式性的大鼓，然后开怀大笑，他们向我们演示怎样才是正确的拨转经筒的方式，他们"咯咯"的笑声似乎在告诉人们那其实就是个大笑话。

向他们道别后我们就和一位喇嘛向导上路开始当天的行程，我们被安排在国王妹夫家过夜。我们整整一天都步行骑马、骑马步行，傍晚时分我们沿着一个陡峭的峡谷上行，越往上走峡谷越窄，我们以为还有数小时的路程要赶，未过那个隘口前，我们不敢相信我们会发现他家的房子。一过隘口，路突然向右折了一个大弯，几乎就在山顶，一片开阔的平原展现在我们眼前。亲王的家就在那里。那是一座3层的房子，房子的窗户是尖端被砍掉的三角形，窗户周边是做工不那么精细的木护栏。快到房子跟前的时候，我们的向导下了马，一队家臣列队出来，向我们鞠躬，并按西藏习俗吐着舌头表示敬意。他们牵着我们的马缰绳，领着我们走过石子铺的路向那座房子走去。几只有小牛一般大小的大黑狗被拴在墙上，我们经过时它们嘴里吐着白沫，狂吠不止，并且以一种最令人不安的方式拼命想挣脱粗大的链子。

主人在门口迎接我们，并把我们领上3层的一间小屋。那间屋子装修得很温馨，有壁画，煤炭炉子烧得很旺，屋子里很是舒服。他把我们留在那里走了。不一会儿，仆人们便给我们端来饭菜。那顿晚餐很丰盛——大碗的蒸米饭、火腿、有点怪怪的炒鸡蛋、烤鸡块还有奶茶。奶茶是我喜欢的，特别是热奶茶。奶茶可不是我们所习惯的那种茶，更像是我们喝的汤。

当然我们吃饭用的是筷子。用筷子对克米特和我都不是问题，但隋丹就从来没有学过如何操控它们，其结果是我们会用筷子的享用了大部

巴底的三位喇嘛

小西奥多·罗斯福、杰克·杨、木里国王的妻弟、克米特·罗斯福（从左至右）

铁索桥

分佳肴。

刚一吃完饭我们就派人给我们的主人"Chang Ta Li"传话，请他七点半和我们一起喝茶。他六点半就到了，时间对木里人来说只是个个人喜好的问题。我们的主人是个身板结实的蒙古人，头刮得光光的，头上有几处深深的伤疤。他头戴一顶圆帽，一身红色丝质长袍。他是木里王国东部边界的守护者，是个边区的勋爵（Lord of the Marches）。

我们很客气地给了他一支雪茄和一锡杯樱桃白兰地酒。而后我们又给了他一个机械手电筒，一把可折叠的旅行座椅和一把410口径的猎枪以及一些子弹。随后我们互相交谈。交谈可是费劲，不得不用翻译。"你有几个孩子？""从这儿到雅砻（Yalung）的路好走吗？""你的房子真漂亮，是新房子吗？"等等。出于某种目的，我们对房子墙上挂的一幅表现佛教生命轮回的壁画表示了极大的兴趣。谈话间，当交流似乎要无话可说的时候，我起身回到我的房间，从里面拿出我的全家福照片给他看，他很感兴趣，特别对13年前拍的有我父亲、有还是个婴儿的我的儿子以及我的那张照片兴趣极大。他还模糊地听说过我的父亲。最后我们十分客气地互道晚安，晚餐结束时我们就寝时间，晚上九点半早已过了。

次日早晨一片嘈杂、一团混乱，狗儿狂吠，骡子嘶鸣，所有当地人都奔走呼唤。中国人过新年了，为了庆祝新年第一天，我们将国王当作礼物给我们的干肉和粮食分给我们的驮队赶骡人。驮队正要出发，杰克·杨传来消息说我们的主人想在他的房间见我们。我们赶到那里，才发现不仅主人，还有他的妻儿也在那儿。他的妻子人很漂亮，他们3岁的儿子是个机灵的、褐色皮肤胖乎乎的小家伙。

我们在一个铺着毯子的长沙发上坐下来。他给了我们每个人4个橘子。这时一个仆人给他拿上来一个热水壶，他从桌子上拿了3个杯子，其中两个杯子很小，一个小得和洗指碗差不多一样大。他向杯子里倒满像水一样的液体。克米特和我并没有被欺骗，我们以前就见过。当盘子转到我们跟前时，我们都坚决地选择了小杯子，把那只大杯子留给了隋丹。事实证明我们的选择是对的。当我们的主人提议干杯时，我们尝了一口杯子里的液体，那液体味道辣得人嘴唇都有被灼烧的感觉。

我们闲谈了约一个小时，话题始终围绕着他十分感兴趣的枪支，最后我们起身准备走。这时他拿出给我们的礼物：我们一直想要得到的那张"生命轮回图"和一把有波浪纹饰的镶银钢剑。那把剑是很久以前他的祖父与西藏人打仗时缴获的。

他和他3岁的儿子下楼来送我们到大门口，我们对因故未能应他多次邀请和他一起待得时间长一些而感到十分遗憾。

我们走到关口要转弯的时候，看了勋爵最后一眼，他仍然站在那里，远远望去，是那房子前一个小红点。

在那个替我们传话给国王的红衣喇嘛的引领下，我们出发追赶先我们出发的驮队，我们想在中午前就赶上。我们没有顾及我们的领路人的情况，尽管他是个快乐的人，但他不是个好向导，领我们走错了路。一个偶然的机会，一个住在小石屋里的人目光如炬，一眼看出我们走错了，我们这才回到正确的路上。他告诉我们，他看见我们的驮队在近处的山梁上。我们几乎转身向后走了，沿一条十分难走的路下到山谷，然后再爬上另一座山，最后就在夜幕降临时分，我们发现我们的人在一个美丽的小山谷搭起帐篷。那里唯一不足的是没有水，当地的地名意思是"一碗水"。

晚上有点凉，但还不算很冷，而我们的赶骡人照样只用驮子给自己搭了低矮的挡风墙帮助避一避风头而已，不然风会把他们的营火吹散。他们就在那样半敞半蔽的挡风墙里聊天、做糌粑、打酥油茶。每组赶骡人都给自己生了一堆火，搭了避风墙。每到一处扎营，他们会先把骡子的缰绳解开，让它们自己去吃草，然后再把它们赶到一起喂饲料，通常喂它们印度玉米。他们把骡子吆喝到一起的法子和农妇把鸡叫到一起的法子一样。骡子从四面八方回来，在摇曳不定的火光中影影绰绰。有时候如果骡子吃草吃得很饱，赶骡人就将它们拴好过夜，不再喂饲料了。他们会用一个马毛搓成的绳子当作围栏，并将每头骡子的一条前腿系在那绳子围栏上。

那天晚上，木柴充足，风又不大，大家都把火生得旺旺的，火光升起，消失在高高的树干间。雇工们把我们给他们的干肉做了吃，每隔几分钟他们中间的一个人就会开始唱一首旋律单调、声音尖锐的亚洲歌曲。这场景非常生动别致，但是当我们钻进被窝后，我们还是更愿意把那首歌置于脑后。

第二天，我们刚一起床就有一个穿黄色衣服、营养不错的男子骑马进到我们的营地。来人是国王的秘书，他带来另一封书信，要我们改变原来的计划，改道到库鲁。他还给我们带了一份礼物，这一次是一匹强健的褐色的马，它冬天的毛色很粗糙，看起来活像一只被虫子蛀蚀的泰迪熊。我们邀请我们的客人共进早餐，并客气地跟他解释，尽管我们很想那样，但我们确实没有时间再绕道了。我们照样给了他一个机械手电筒和一套袖珍工具组合。他满心欢喜地回复国王去了。

我们一整天都在高海拔地区穿行。风将雪卷到河谷里，积得很厚，领头的骡子要耗费更多的气力踩出道来。山顶上光秃秃寸草不生，大风不息。有一次我们穿过一片杜鹃丛林，我们在那里的雪地里发现有野生动物留下的交叉足印，但风将那些足印吹得模糊不清，很难准确判断是什么动物留下的足印。

傍晚我们搭好帐篷，可是那里只适合我们的西藏雇工。那是一条海拔有15,000英尺的沟壑，在两座山峰之间，连一棵树都没有，到处是雪，没雪的裸露之处是大风肆虐的地方。太阳一落下，气温马上就变得十分寒冷，我们都挤坐在火堆旁，风把火堆吹得忽明忽暗，四溅的火星便散落在我们的身上。火堆一边可以煮饭，另一边则仍是滴水成冰的严寒。最后我们还是得爬进被窝，冻得瑟瑟发抖。但我们的藏族赶骡人却不一样，他们穿得并不很多，又没有毯子，却有说有笑，寒冷对他们来说根本就不是个事。

第二天早晨，我们极不情愿地从温暖的被窝爬出来②。天气太冷而海拔又高，我们晚上没有睡好，我们刚把被窝暖热睡着了，就因为高山缺氧又给憋醒了。我们的克什米尔雇工和我们一样受罪。赶骡人踏着忽明忽暗的火光来找我们，说有1/3的骡子和两匹骑乘用的马走失了，一匹是隋丹的，另一匹是杰克·杨的。我个人不会责备他们，裹着毯子睡觉或是挤在火堆旁发抖本来就够糟糕的了，毫无遮挡地站在风雪中肯定不会好受，即使是习惯了高山环境的骡子也不例外。

我们组织了一个小组搜寻，但还有8头骡子和隋丹的马未找到。我们将5个西藏随从留下，我们收拾好行李，把它们搭在剩余的骡子上继续向前进发。我们在山顶迂回前进，风很大，我们都可以倾斜着身子顶着风行进，风卷着雪粒打在脸上像打鸟的子弹一样。我们躲过积雪深处，一路艰难，时不时有骡子掉进雪坑或在冰上滑倒。我们就不停地用手扒雪，硬是用手扒出一条道来，卸下骡子背上的驮子，再把骡子赶回到队列里。有时你会觉得骡子有意离开正道走近悬崖边摔死自己。属于一位赶骡人的那只西藏大黑狗最有用处。我以前总认为这些跟随探险队的狗，其价值在于看守行李东西防止被盗，但这条狗所做的远不止这些。一路上它起着牧羊犬的作用。如果有哪头骡子落在后面，它会跑去咬它的后腿，要是哪一头骡子脱离了驮队，它会跟着那头骡子并把它赶回来。"战争之子"鲍勃（Bob）③从未那样熟练地看护过羊群。

夜幕降临时分我们在一处稍低的地方扎下营来，我们身处一个得了枯萎病枯死了的杜鹃树丛。死杜鹃树满是菌瘤的灰白色的虬枝在白雪映衬下，活像一群精灵。虽说依然寒冷，但树枝减小了风势，阻挡了一些飘雪。晚上10点多钟的时候传来一阵歌声，几分钟后来了一伙人，那些人正是我们走时留下寻找走失的骡子和隋丹的马的藏族赶骡人。他们从一大早到深夜，在荒山野岭冒着风雪一路艰难跋涉，回来时却是笑呵呵吟唱而归！

他们回来时隋丹已经睡下了，听说他们回来了，他一骨碌爬起来想看看他的小马。他的小马丢了，隋丹心情很是沮丧。那是一匹很搞笑的小马，毛色斑驳，鬃毛硬得如同刷子，再加上一条几乎拖在地上的尾巴。那匹小马实在太小，就和大篷车底下的狗狗一样，它似乎能从马队里的那些大马的肚子底下跑过去。矮马因毛色得名叫"米克斯"。我们的克什米尔雇工给我们做的杂烩就叫"mickus"，给人的感觉是他们用英语里"混合的"（mixed）一词的发音。

对于隋丹来说，从热被窝爬出来并不意味着穿着睡衣到处转悠。在这样的天气里，晚上的睡衣和白天穿的厚衣服是一样的。克米特和我睡觉时能做的就是把靴子脱掉，再穿上一双袜子。

第二天一早，我们醒来后第一次看到这样的美景：大山在旭日光辉里看得格外清楚，山顶白皑皑的雪线下是郁郁葱葱的常青树林，树林在山顶的东端被一块状似穹顶的巨大的灰色独石隔断，独石上有几处白色积雪。

我们把赶骡人的头儿召集到一起，告诉他们我们要特别努力赶路把损失的时间赶回来。除了我们的克什米尔雇工，有3个人特别有趣，他们是洛桑、陈昭林和宣。洛桑看管我们雇用的骡子，陈昭林是云南当地人，他负责管理从八莫带来的牲畜，宣是藏族翻译，他专事杂务。

洛桑身材结实匀称，身上穿的毛皮和破布衣服，总掩盖不住他身体各部分的协调。他永远精力充沛，不知疲倦。他每天都走在队伍前头探路，他的手里永远拿着一串念珠，嘴里不停地数念着。紧跟在他后面的是他的那只短腿长身子的狗，那只狗卧得离火堆太近，把一边肩上的黑白相间的毛给烧掉了。一到晚上，洛桑加倍小心地看护着他的牲畜，早上他是第一个起床劳作的人。他的脸庞饱经风霜，看起来像个黑刺李果。洛桑整天乐呵呵的，什么时候都能见他脸上笑容满面。

陈是个完全不同的人。他身材矮小，棕色的脸上一脸严肃，有时我会纳闷，这样一个身板单薄的人怎么会承担那样繁重的工作，简直令人惊奇。他来自气候相对温和的云南，尽管我们给了他厚衣服，他还是一直坚持穿一身蓝色棉布轻装，戴一顶宽檐帽子，作为妥协，他只用一条红色的毯子包着头和肩膀。最初我们让他管理30个赶骡人，他茫然不知所措，因为他不是做管理的料。他让赶骡人装病，他自己包揽所有的活儿。随着时间的推移、旅途艰难的增加，我们的牲畜减少成10头，那些无用的赶骡人也都纷纷逃离，他就逐渐既当兽医又管喂马，成了总管，照看马队后面的马匹的重任就落在了他的肩上。常常是大队人马都已经扎营了，他还在陪着一头病弱的骡子在山路上蹒跚而行，这种情况时常发生。事实上所有当地雇工都有偷窃行为，但我不认为陈也是这样的人。尽管我们和他说不了几句话，但我们都很喜欢他。

宣是个有多方面能耐的人。传教士们告诉我们他是个福音传道者，但我根本就不相信。我们就要到达木里的时候，他曾经要我们给他弄一身喇嘛的红袍子穿，那就证明他对宗教信仰是很宽容的。他的翻译有时会有不足之处，全因我们无法让他听懂我们说的英语。有一天他想借我们的410猎枪用，说是"在路上打鸟"。我们把枪借给了他，还给了他几匣子弹。当他拿着那只常见的双筒猎枪问克米特能装多少子弹时，我们对他的信心彻底动摇了。一个多小时后他拿着枪和子弹回来，说"再不想打鸟了"。于是强大的猎人形象就这样化为乌有了。

那一天我们沿着山涧行进，有的地方冰雪将溪流给封住了，看不见水流，只有偶尔听见汩汩的流水声。中午时分，我们到了一个小村子——只有3间茅舍。所谓的村子其实只有10个人，房子是用未加工的原木搭建的，斧凿的木板屋顶用石头压着，屋顶呈三角形，竖一根树干，树干上挑一块破布。三角形象征基督教里的三位一体，而风把旗子每吹动一次就等于旗子念一遍经文。那就叫诵经（Jong Tsen）。

在亚洲这样的诵经方式似乎在说，诵经可以尽量不那么烦琐，有用的是吟诵的次数，而不是诵经者虔诚的心。数量，而不是质量，才是目的。金属圆筒里塞着数百条写在纸条上的经文，有的小金属圆筒装有一个小把儿，这样信徒就可以边走边摇圆筒（以表示诵经），有的金属圆筒有猪头那么大，装在建筑物的立柱上。信徒就像推小磨子一样用手拨动圆筒，不管转经者心里怎样盘算着做坏事，每拨转一圈转经者就会自动得到祝福。我们也见过把转经筒绑在水车上以减轻用手转经之辛劳。经文刻在石板上，堆放在一起像墙一样，这样的经墙叫作"马内斯"（manes）。即使是从经墙左侧经过的路人正放马去进行劫掠，他都会得到赐福。除了这些经筒外还有我提到过的经幡，经幡的效用当然要凭借有风的天气。

  天还很冷，我们走进一间茅屋。茅屋里有一间屋子，一个开放式火堆在屋子中央，火堆由3块石头围着，火堆上和旁边有锅呀盆呀的，围坐在火堆旁的是茅屋主人和我们的几个护卫，他们正在吃糌粑喝酥油茶。屋里的烟熏得人喘不过气来。木里的房子没有烟囱，屋子里面被经年的油烟熏得黑乎乎的，唯一的室内装饰是在黑墙上的一串白色斑块。屋子的一角里堆放着些毯子和兽皮。隋丹在毯子边上坐下来开始抽烟，立刻有一个人大声叫他。隋丹坚信那人只是请他坐得舒服点、不要拘谨，便说"好好好，我把烟点着就坐到中间去"。这时一个女人从火堆另一边跑过来，把闷得半死的婴儿抢救了下来。原来隋丹刚才坐到一个婴儿身上了，孩子差一点被他一屁股压死。

  下午，我们一直沿着一条山梁迂回行进，傍晚时分穿过一片冷杉树林，冷杉高大的树干直插云霄，就像卡纳克（Karnak）的通天柱，有一簇簇浅灰色苔藓从枝丫上垂下。枯死倒下的树干正在朽烂，到处可见。这里弥漫着原始的悲凉和孤独。

  暮色降临，我们离开凹多（Watto）白色的寺院，来到下拖（Reddu）。在下拖度过的那一夜是我们进入木里后度过的第一个温暖舒适的夜晚。这一晚我们把衣服脱了睡觉，睡得很香，只是有一头骡子把我们的帐篷给碰翻了。

  第二天我们用了两个小时下了5,000英尺的山坡，到了雅砻河谷谷底。这个季节过河可以走码头，而遇到下雨天，就必须走绳索桥，因为河水浪高湍急，没有哪条船能够安全渡河。在码头上我们遇见了一个驮运皮毛的藏族马队，他们来自阿图扎（Atunza）西北地区。这些藏人就站在河床温暖的沙子里洗藏族人所熟知的那种澡——日光浴。有几个还让他们的原本乱蓬蓬的黑色头发下垂着，还有几个赤裸着上身，在那儿挤虱子。他们将驮子围成一个圈。克米特和我坐在他们跟前与他们攀谈。我们向他们展示了我们的来复枪，这让他们很感兴趣，我们还买了他们几个吃糌粑的碗。我还买了一个带有银箍的桶状瓶子，只花了1美元20美分。他们很庄重地做出手势，示意我也可以连瓶子里刺鼻的当地烧酒都拿走。

我们渡河坐的渡船都是用两根不大的原木做的，将原木中间挖空固定在一起就是一只船。行李堆放在中间位置，船上的客人就骑在行李上，脚就分别蹬在两根原木上。船工的桨只是一根直木板。我怀疑那里除了克米特、隋丹和我以外，很可能再没有人会游泳了，可是大家都没有一点害怕的样子。

当然我们的那些牲畜是不会上这样不结实的船过河的，它们被驱赶、吆喝着强迫下河游过去。它们一到水里，在河这边岸上的赶骡人扔石头给它们指引方向，与此同时河那边岸上的另一个赶骡人发出呼叫声，引它们过河。有几头骡子过河时还把尾巴露出水面并弯成一个弧，远远看去会以为那骡子后面有一个可以抓的把手。我们有3个人刚一过河就洗了个澡，这是我们自从进入木里以来洗的第一个澡。虽然空气温暖，但水还是冷得人身上发木。洗这样的澡比冬日里从热被窝爬起来更需要勇气。

我们在渡口那里注意到用石头堆成的松散的平台，平台用绿色枝干装饰。我想那可能是给当地的河神献祭的地方。我想了解更多细节，他们告诉我们那是为了向一位给我们引路的喇嘛表示敬意。我们就要去的城叫麦地龙（Metilong），这位喇嘛就出生在麦地龙。我们就在他家借

雅砻江渡船

横渡雅砻江的小马群

宿。他已经有5年不在那里住了，就在那5年期间，他不知道他的父亲去世了。

我们到了那儿，一进大门就看见许多光身子的小孩子像一群鹌鹑一样在院子里嬉闹。渐渐地他们对我们友好起来，眼睛睁得大大的，好奇地围着我们看。院子里还有几只小山羊，一位妇人用嘴向小山羊的嘴里喷水。那里的人好像生活得很悲惨，吃的穿的都很少，身体羸弱。女人没有什么装饰，主要的装饰是银质或铜质的耳环，沉甸甸的耳环把她们的耳朵都拉长了一两英寸且变形了。

次日，我们行进不远就在一片不大的草甸上的两棵漂亮的大雪松树下扎营了。它们静静地站在那里，河谷里只有五六棵雪松。这里的雪松和我们东部的雪松不一样，这里的雪松倒更像是那种制造希拉姆（Hiram）乘坐的由黎巴嫩到所罗门神庙顺流而下的木筏子的那种雪松。

第二天，我们向一座无名的山上一道无名的关口进发。几小时后我回头看时，才发现下拖就在离这儿不到两英里处，但是先上山再下山到达河谷却花了我们整整两天时间。我们花了7小时穿过了松树林，过了常青橡木林，钻过了灌木丛和干草地，最后来到河谷，这里有雪和从山上崩塌下来的石头。当我们到达海拔17,000英尺的关口时已经是下午了。洛桑领头前行，一如既往地一边走一边数着念珠一边默诵着经文，而宣和周两个人却饱受高原反应的折磨。

高处又见到我们已经熟悉的石堆。我们的一个赶骡人往石堆上扔了一根树枝，另一个赶骡人从袍子里掏出一块旧红布绑在那根树枝上。那当然是一项有魔力的仪式，但不一定要毕恭毕敬，不然，他也不会一边绑那块布一边嘻嘻哈哈。

天黑后我们到了巴底（Bedung）的小寺院，寺院就孤独地蜷缩在大山的怀抱里，而我们就是造访这座寺院的第一批白人。寺院里只有3位喇嘛，穿过喇嘛庙石墙的小门，透过黑夜我们看见轮廓模糊的房子里微弱的灯光，我们走进去一看，才知道那里是一座佛殿，佛殿用蜡烛照明，迎面是一排威严的佛像，佛像颜色鲜艳的面部和服饰若隐若现。佛殿的柱子上有彩绘的神话故事、龙、奇怪的动物、骑马的武士等。殿里挂满丝绸锦旗帐幔，祭台上以及两个供桌（一张状如金字塔，另一个像大吊灯）上摆放着用酥油做的小神像。那天正好是酥油节。

在右边3个喇嘛盘腿坐成一排，左右两个中年喇嘛营养不错，身体发胖，留稀疏的黑色胡须。中间一位年长得多，显然是寺院里的方丈，红色长袈裟掩盖着他的身体。他的头上戴一顶有奇怪的三角形飘带的黄色尖顶帽子，而让神秘的佛殿、稀奇的彩绘神像以及他的长袈裟黯然失色的是他的那张脸。他有一个鹰钩鼻和深陷的眼睛。泛着浅黑色的每一条皱纹都在告诉人们他是个禁欲主义者，他深谙权力的魅力。

3个喇嘛正在作法事，我们在他们的对面坐下来静静地观看。他们一起用一个单调的声音唱诵经文，两个年轻的照着放在前面的经书吟诵，坐在中间的年长喇嘛早已将经文背得滚瓜烂熟，根本不用看经书一眼。隔一会儿他们会停下，吹有青铜镶边的螺号或有雕饰的长号，之后再敲一敲铜钹，再敲击放在他们前面的两面大藏鼓，浑厚的鼓声给诵经打着节拍。

一个寺僧用两个铜勺子从一个碗里舀了满满两勺子酒，走出门去将酒洒在院子里，泼洒酒时用爱尔兰女妖一样颤抖的尖声呼喊。这些仪式是献给那些生前无依无靠、死后无人惦记的灵魂的。其他的寺僧用小碗给吟唱者喂食糌粑和酥油茶，这样吟唱者就不必中断他们的虔诚。我们以前见过的法事都有一点轻浮草率，给人的感觉虔诚只是说说而已，不必往心里去，在这里虔诚不是别的，虔诚就是肃穆的敬畏。

我们在那儿待了半个小时，然后离开到寺院的另一边去看看，我们的用人也在那里给我们准备了午饭。完了以后我们又回到那间佛殿。我们带了3顶褐色便帽，帽子上有彩色飘带。我们回到佛殿，将3顶帽子赠给了3个正好停歇一会儿的喇嘛。

第二天一早，3个喇嘛来到我们的住处回赠我们。我们睡的地方就

巴底的喇嘛寺

"Kymo"小路

木里的喇嘛寺

是食物储藏室，那里有一条条的干肉和一袋袋的大米，3个喇嘛给了我们黄油和鸡蛋。我们知道他们很喜欢我们给他们的礼物，因为他们每人都戴着一顶我们给他们的帽子。

我们和他们一起回到那间佛殿。在那里我们先给了他们每人一把小刀，然后策略地通过我们的喇嘛向导与他们谈判，希望他们给我们一个螺号、一把铜号，以及两木盒子装着沾满几代人手上油污的手抄散页佛经。经过一番我们无法参与的交涉，我们被告知那些经卷十分神圣珍贵，所以价格不菲。他们一共要30块钱，合9美元。我们当然乐意成交。我们拿着到手的宝贝向我们的朋友道别上路了。他们戴着我们给他们的帽子，在佛殿的台阶上站成一排，微笑着祝福我们一路平安。

那天我们过了一条小河，将木里王国那野蛮和好客的奇异混合抛在身后，也许从此直到永远。当我们正要越过它的边界时，我们看见了一个孤独的伐木者，在我一生中我从未见过这样一个原始的人类。他的身材矮壮，看来力气不小，他的手臂从肩部垂下，几乎能到膝盖，他的面庞根本不可能让人联想到一个叫作人类的物种，能看到的只有满脸的野蛮表情。克米特离开队伍去给他照张相，他猛然转过头来瞟了我们一眼，不可名状的凶恶不啻一头野兽。如果我们是一群寻找人猿的人类学家，到此我们满可以大功告成了。④

第二天早上我们沿河谷而上，那里几乎未被开垦。河谷两侧的山腰上，树木呈带状分布，树木带以上是落石滩和积雪。我们就是在这里得到关于我们一直在寻找的猎物的消息的。我们询问过一个当地人，他告诉我们他相信我们要找的黄野牛不远处的山里就有。我们意识到他说的是羚牛。

次日，我们翻过了海拔16,000英尺的隘口，然后下到谷底。我们在那里第一次看到几处紧邻的村落，村落很小，一个村子最多不到五六户人家，但是房子都是用灰色石头建造，很是紧凑有致。每个村子都有一两座石塔，有些石塔状似六角的星星，其余的石塔都是四方形。那些石塔大都残破不全，少数几座虽仍站立在那儿，但倾斜得像比萨斜塔，看起来摇摇欲坠，给围绕在下面的人家造成威胁。我们问了当地人它的用处，但没有得到解释。没有人知道那些石塔是何时建造的，它们"就一直在那儿"。有一些当地人说石塔有宗教意义，也有人说建造石塔是为了防御。只有一件事我是肯定的，那就是石塔不是现在住在这里的人建造的。

扎好营后，因受附近有猎物的消息的激励，我们派人到附近的城里去找一位猎人来，不一会儿来了3个猎人，其中两个人是汉人，另一个是来自偏远地区的彝族人。他们一来就蹲坐在火堆旁，我们把图片夹拿给他们看，他们一个一个地看，一般情况下，他们一两秒钟内就能认出那些动物，并告诉我们那些动物在当地的名字，我们将他说的名字用笔一一记了下来。但我们翻到熊猫那张图片时，他们都说没见过。再认真看了后，他们说附近有熊出没（熊猫看上去很像熊），但是那些熊不是黑色的就是褐色的，而现在熊"正在睡觉"。当我们给他们看羚牛的图片时，我们得到的信息就多了。立刻一个猎人就说："野牛！野牛！"他们告诉我们附近的"野牛"很少，但是离这里7天路程远的地方有座山叫盐水洞（Yung Shuei Tung），意思是"盐水井"，那里有很多"野牛"。他们虽然如此说，但我们知道猎物永远在前面那个山梁上。他们还说"野牛"非常凶猛，常常攻击猎手，而且那里的山路崎岖，驮重物的牲畜根本不可能爬上去。那位彝族人说如果我们保护他不受山那边的敌对彝族部落的伤害，他愿意跟我们一起去。

次日早晨，经过最短的一次跋涉，我们到了九龙（Chiulung），那是第一个汉人县长的辖地。我们原以为一个有这样行政建制的地方一定很不错，但事实上那里只有几座凌乱而又摇摇欲坠的建筑，建筑四周围着石墙，石墙4个角上各有一个角楼。

村寨也许不富裕，但为了接待我们他们还是尽其所有。汉族官员亲自出来迎接我们。他是个活跃、阳光的小个子，脸圆圆的几乎没有下

九龙附近石塔谷里的村庄

穿越雪原

砍柴的人

领。他说他接到中央政府的话，说他有可能见到我们。他领我们到接待处，接待处只是二楼上面一个寒酸肮脏的小房间而已。在那里他一再让我们喝茶，而我们向他问了许许多多问题。

他是个消息灵通的人，他做过四川的巡查员，所到之处明察秋毫。我们问他到某地的路程，他给了我们海量信息。后来我们的话题转向了猎物。我把那本图册给他看，他看后就打发人去叫当地一个猎手。我们花了一个小时寻找猎物，每次只找一种猎物。后来我们才发现附近树木茂密的河谷里就有黑鹿、鬣羚、斑羚，以及麝（musk deer），离这儿一两天路程处就有喜马拉雅羊，还有彝族人给我们说过的羚牛。麻烦的是，县长和猎手们都没有听说过大熊猫。这让我们下定了决心，我们不能就此停下来到盐井（Salt-well）山去，我们应该先把它放下等回来时再说。虽然我们的机会很渺茫，我们还是应该尽一切可能到一个报道有熊猫出没的地方。尽管我们得到的信息都没有给出最后结论，但所有信息都指向穆坪和岷江（Min River）上游地区。

我们采取了一个折中的办法。我们让一半马队先我们半天出发，同时我们就在附近河谷打猎。县长立刻表示愿意给予我们协助。这里习惯先用猎犬在树林里惊起猎物，于是县长命令3个当地最好的猎手做好准备明天早上一试身手。

我们3个人在这当儿走到离这里不远的一个村子，隋丹照了几张照片，克米特和我随处转悠了几圈。当然村里的男女老少都出来围着我们看。我想他们从来都没见过一个白人。他们一共有三十几个人，显然他们不是汉人。他们的脸是黑褐色的，不是黄色的，而且有线条分明的鹰钩鼻。他们浑身泥土，衣衫褴褛。虽然外表如此，他们却是一群快乐的人。他们有着自永宁以来我们所熟悉的藏族人表示敬意的方式：长长地伸出舌头。我们最后一次见到这种致敬方式是在4年多以前、离这里数千里之遥的拉达克（Ladak）。对我们来说，满脸堆笑对人表示真诚的敬意时却伸出长长的舌头，的确是个很不搭配的举动。人群中有一个人引起了我们的注意——一位年纪很大很大的妇人，她满脸皱纹，干瘦得几乎不像个人了。这位妇人走来走去，手里不停地转着一个转经筒。

除了惯常看到的残破的塔以外，还有3座结实的四方形3层石头佛殿。一层通常光线昏暗，里面塞满状似蹲瓶的陶器，不大却很结实。这些是村子里的死者被制作成陶俑的样子。这就解释了为什么我们在这里没有见到像在云南看到的那种遍布在山坡上的墓地了。事实正是如此，这里的寺院是名副其实的陵园。一根雕凿的木梁把我们从昏暗的一层引上二楼。我们在这里才看到佛殿主体。大殿一端的祭坛上是各式神祇的造像，其中只有一尊是佛祖造像，他们把佛祖叫作宗喀（Song Ja.）。

3座佛殿都很脏而且简陋，有一些造像胡乱堆放在地上。不过每座佛殿一面墙上都有一个书架，书架上全是经卷。大的经卷装帧精美，用银粉和金粉书写的经卷装在彩绘的木匣里，十分漂亮。但是所有的东西都没有很好保存，克米特和我都想我们或许可以把那些经卷买上两卷。通过我们的喇嘛向导，我们告诉他我们愿意给他们50块钱。他很快就同意了，我们就将经卷带回到我们的营地。

那天晚上我们和县长一起吃晚饭。中午他已经和我们一起吃过午饭。他的小儿子也跟我们在一起吃饭，席间他一直睁着碟子般大小的圆眼睛看着我们。饭菜很丰盛，但是不知道为什么偏偏没有我们喜欢的大米饭。晚饭快要结束时，他给我们赠送了一些干牛腿，并且给了杰克·杨一只西藏干雉鸡，这些都是给我们路上吃的美味佳肴。

第二天早晨，猎手就来找我们，领头的是个彝人。他头上缠着红色包头，这里的彝族部落戴那种包头为的是和当地的汉人区别开来。他的那杆枪原始得和他出生地的山一样，枪管就是一根沉重的钢管，既没有来复线，也没有准星。枪托只是一块弄弯的木头，没有让肩膀紧顶在上面的平面。当然那是一杆从枪口装弹药的老枪，它甚至比弗林特扣击式枪还要老，射击时要从触发孔点火才行。他脖子上戴的一条绳子上挂着各种用品，牛角是用来装火药的，皮囊是装子弹的，火石和火镰是用来

木里县石宅

第五章 木里王国

脚夫穿行铁索桥

点燃引信的。

在去打猎的路上我们经过那个我们买到经卷的村子，我们发现那里的人特别激动。那个与我们做交易的人好像自己并不拥有那些经卷，那些经卷归整个村子所有。那天晚上当村子里的人得知所发生的事情，他们就召开了一次大会，要那个犯错的人把钱还给我们，并把经卷拿回去，不然的话他就必须离开那个村子，永不准再回去。尽管那些经卷或许很少有人打开过，自然也就没有受人们的膜拜，但他们还是把它们看成一种神物。当然不管怎样，在那种情况下我们只能把经卷还给他们，我们那样做着实很惋惜。

这些事耽搁了我们不少时间，我们再出发时已经上午10点多钟了。我们一点都不会说我们的猎手们能听懂的那些语言，但是有我们的克什米尔随从的帮助，我们还是明白了狗已经在我们前头出发了，现在正在山坡上到处搜寻猎物。我们被领到一处中心地带，我们可以从那里向任何一个方向出击。我们就在那里坐下来等。时间一点一点过去了，什么事都没有发生。我们坐在太阳下有点烦躁起来。最后我们的心事转向了书籍。我们打猎时都带着它们。克米特读的是伯顿（Burton）的《麦加朝圣》（*Pilgrimage to Mecca*），我读的是狄更斯（Dickens）的《远大前程》（*Great Expectations*）。12点钟时我们放弃所有希望，抱怨自己不该白白浪费一整天的时间。

突然间不知从哪里冒出两个当地人。一个抓起我的马缰绳并把它递给我，我们这才意识到有猎物了，虽然我们说不准是什么猎物、猎物在哪里，我们还是骑上马跟他们去了。我们以快得要跌断脖子的速度下了一面陡坡，过了一条河，向上游河谷进发。我的克什米尔猎手贾法尔·锡克神奇地预见了我们要去哪儿，他跑到我们前面呼喊："雅尔地，萨希布（Jaldi Sahib）[⑤]！"我们加快脚步前进了10分钟来到一处山坡，站在那里的两个村民用手指着峡谷对面。在200多码外的矮树丛里我看见了一只大型动物，很明显那是一只黑鹿。慢慢向山坡上跑。那时我比其余的人靠前几码，我即刻跳下马来，旋即从枪套里拔出枪来。贾法尔·锡克和我都不知道那到底是一只雄鹿还是一只雌鹿，因为离那么远，肉眼根本看不清它的角，取望远镜又来不及了。不过也没有关系，因为尽管我想得到一只牡鹿，但无论是公是母博物馆都欢迎。

冲起的尘土告诉我们，我的第一枪打得太高，把枪瞄得稍低了一点，第二枪打中了。黑鹿倒下了，可是刚一会儿它又站了起来向树丛里跑去了。我又连续打了3枪，有一枪的确打中了它。这时一只狗从树丛蹿出并开始追赶受伤的黑鹿。我和两个猎手跑到峡谷那边，跑近些去结果了它。刚跑下山坡一半我这才看清楚了那头鹿，就一枪把它打死了。像所有清澈的山涧一样，这条山涧的深度也带有欺骗性，我们不得不脱掉下身衣服蹚着齐腰深的水过去。水刺骨的冰冷，到对岸后，我的两条腿被冻得就像被煮得半熟了似的。

这时一些狗也已经围拢过来，它们不是我们见过的跟随马队或看家的那种高大、长毛、强壮的狗，而是黑瘦的，看起来像贱种狗，但它们却是异常高效的狗。我们随即开始剥鹿皮，其间猎手们用手掬这鹿血给他们的狗喝。我问他们那是为什么，他们告诉我那样会使他们的狗更加凶猛。我还注意到的另一件事是彝人把黑鹿的泪腺拿去当药用。这与几千英里以外的天山（Tian Shan）山区柯尔克孜人（Kirghiz）的做法是一样的。

鹿皮很快就剥完了。我们把皮和部分鹿肉给那匹山地矮马驮着，把其余的鹿肉交给猎手后，就随我们的马队继续前进。半路上我们遇见县长和他的小儿子等在那儿向我们道别。我们没有翻译，但鞠躬和微笑足以解决问题。走了不多远，我们就到了一个迷人的河谷，营地就选在云杉树丛遮掩处。搭好帐篷，燃起熊熊篝火，热腾腾的茶在等着我们享用。

我下马的时候，我们白胡子的克什米尔老厨师拉着我的马："萨拉阿姆，萨希布——撒布，齐兹，锡克哈伊！"（Salaam Sahib，——Sab chiz thikhai!）⑥即使我打的只是一只母黑鹿，那也是博物馆想要的物种，而新鲜的鹿肉却是大家都喜欢的。

注释：

① 疑为今四川省凉山彝族自治州扎西坡。——编者注
② 此处原文有误。——译者注
③ 英国作家笔下的一只牧羊犬。——编者注
④ 显然这只是一位令外国探险家感到惊骇的当地居民。——编者注
⑤ 乌尔都语，意为"快点，先生！"——编者注
⑥ 乌尔都语，意为"你好，先生——一切都很好！"——编者注

第六章　漫游打箭炉

（克米特·罗斯福）

有许多迹象表明我们已经离开了木里之后，又回到由汉人管辖的地界。许多茅舍里有汉人模样的人闪现，除了火烧和枯萎外，田野里的树木也被人为地砍光了。

我们得到了能得到的最好的地图，但是发现没有一张能有什么用处。偶尔也会辨认出那里记录的地名，但通常地名与实际位置不符。大多数地名对当地人而言毫无意义，而且有些地名本身在当地方言里可能就意味着"我不知道"或者"你说啥"。常常有这种情况，粗心的探险（旅行）者就按他当时的疑问记录了地名。这个地区可是个有开拓精神的地图绘制者大有作为的地方。

在九龙我们不得不把我们在麦地龙雇用的一些骡子换掉，以便更好地完成下一段探险旅程。因为更换的事通常是在白天行进间不定期进行的，因此换骡子的过程格外麻烦，而且不同的牲畜如矮马、骡子和牦牛，它们的驮运能力也各不相同。还有跟随我们的丽江和永宁马队的狗，它们整天欢欢乐乐，十分惹人喜欢，是它们主人的最好伙伴。这与在伊斯兰教和印度教的国度里的情况相比，是很可喜的区别，在那里人和野兽的联系毫无友善可言。在所有的狗里，除了一只狗外，其余的狗都一起玩耍。那只可怜的家伙是只很难描述的浅褐色小狗，它属于洛桑。它从丽江就跟着他，腿有点跛，但似乎没有影响到它远征中的步伐。有一次它卧在火堆旁边取暖，离火太近，火星把它的毛烧着了，我们曾经虚妄地希望那样能把它的跛腿烧起泡。尽管它对主人爱到极致，它也极为痛恨与它的同类有任何相似之处。

村子里的狗对人极不友好，有的狗不大，有的狗也不小，但都很凶恶。如果是独家独院，大的恶狗往往被用铁链拴在住人楼层下面的黑屋子里。就我们所知，所有的狗都被拴着，这可能解释为什么那里的狗性情异常凶狠。有一次，我们一行经过一座威严的石头建筑，突然冲出来一只像《荷马史诗》中的狗一样大小的凶恶黑狗，向我们的马队扑来，我们的狗都吓得躲到骡队里，赶骡人捡起石头，准备向那只狗投掷。那只恶狗越来越近，等到它够近的时候，一个赶骡人立即出手，石头擦狗身而过。让我们惊奇的是那只大恶狗竟然蹲下来，发出奇怪而可怜的支吾声和呻吟，你简直不敢相信它那样大的狗竟能发出如此尖厉和悲伤的呻吟。

我们过了一个我们认为可能是个好猎场的地方就已经离打箭炉不远了。我们顺着河谷走了两天，河谷两边是高高的秃山岭，那个地方让我们联想到土耳其斯坦的帕米尔（Turkestan Pamirs）。我们向当地人打听了，得到的消息是那里除了青羊外，没有什么别的猎物，我们在村子里看到过一些青羊角。那里的牦牛群属于村民个人。牦牛个头很大，力气也很大，但一点也不漂亮，你绝不可以按希莱尔·贝洛克（Hilaire Belloc）的建议，把它当作"儿童的好朋友"向他人推荐。我们在这个河谷里沿途只有一次看见过当地人的帐篷，不是中亚细亚人的那种帐篷，与阿拉伯人的黑帐篷倒更像一点。

一天清晨我们第一次一睹傲视群峰的贡嘎山（Mt. Koonka）神秘的面容。还在永宁时洛克就告诉我们他有个雄心，他计划用两三个月的时间研究贡嘎山里的植物，遗憾的是我们没有时间考察一下那里的动物。这座大山的海拔高度无人知晓，有人声称贡嘎山有30,000英尺高，是世界上最高的山峰。① 从成都来的一位地理学家专程来确定过贡嘎的高度，但出于完全不可解释的原因，他并没有透露测得的数据。一旦有人问他贡嘎山到底有多高时，他只是装作忙着干活，"一副不可名状的腼腆样"。大家猜测他的计算可能出了点小问题，而他不愿意将错就错。

那里的天气很冷，只有最厚实的阿富汗羊皮大衣才能抵挡从光秃秃的雪峰上直泻而下的刺骨寒风。通向下一个河谷的隘口海拔有17,000英尺，我们一路下坡，直降3,000英尺，马队在一个壮观的冰封瀑布旁安营扎寨。

为了第二天赶到打箭炉，洛桑说我们当天晚上应该继续赶路。他说他已经和他的骡队准备出发，阿九也同意洛桑的意见。于是我们就把后续事宜的处理交给杨，在晚上八点半时，我们3个人就又上路了。那天晚上本应是满月，但雾很浓，还没有等我们走远，下午一直在下下停停的雪开始变成暴风雪了。旅途艰辛险恶。白天天气好的时候，走这条满是尖角石头的崎岖山路都绝非易事，摸黑在冰雪覆盖的石头上走，骡子要不摔断腿根本就不可能。

洛桑有两个助手。一个是整天笑呵呵的藏族年轻人，洛桑每年付给他不到3美元年薪，其中包括吃穿费用。他的一只手上有6个手指头。另一个助手年纪大一些，大部分牙已经掉了，这对于一个必须用牙齿将生牛皮绳拉紧才能把驮子紧紧绑在骡子身上的赶骡人来说可是个很大的不幸。看见他们陪着骡子一边跑一边用牙把皮绳咬住，全力拉紧，不由人对他们感到敬佩和惊奇。我们的这位有残疾的朋友性格多变。每次行进，他在路上的大部分时间都在哼藏经，或许那是对他抛给他的骡子的最可怕的诅咒的一种平衡吧。他经常使用的伤害言辞"Canadá"与我们的北边邻居英联邦自治领加拿大（the Dominion to our north）的名称相似，区别在于其重音是置于最后一个音节上的。

直到午夜，我们都紧跟在我们敬业的赶骡人后面，尽管一路艰苦，我们还真的欣赏那次晚上的跋涉。我们在一处低洼的冷杉树丛里扎下营来，生起篝火度过了后半夜。

第二天一早我们就继续赶路，我们顺河谷而下，经过3个小时的跋涉，来到我们这次路程中第一个有人烟的地方。自从我们离开丽江以来，我们所经过的地方大多是狂风怒号的无人荒野，有时一连几天看不到一个人，只有一处被伐木者遗弃而倒塌的小屋和一群牦牛，现在就在

贡嘎山（Mt. Koonka）

第六章　漫游打箭炉

向导洛桑的两位助手

离打箭炉8～10英里的地方，我们终于看见有土地被开垦的迹象。打箭炉城以出人预料的方式向我们展现了它的存在，它就深深地隐藏在河谷里两条河的交汇处。自从古伯察（Abbé Huc）的那个时代到如今，打箭炉似乎没有多少变化。古伯察告诉我们打箭炉这个名称的意思是"铸箭炉"，之所以取这个地名，是因为在公元234年武侯（Wu Hou）将军率军攻打南方诸国时，他先派了他的一员副将在这里建造了一个铸造箭镞的铸造坊。

中国内地传教团的坎宁安博士和夫人（Dr. and Mrs.Cunningham）热情地招待了我们。他们请我们都进去，他完全容忍了我们随后分派和重新安排我们那些脏乎乎的行李驮子造成的嘈杂和不便。坎宁安夫妇都是苏格兰人，在中国度过了大半辈子，他们给予我们的巨大帮助是无法估量的，我们所能期望的是，如果可能，有朝一日我们将如何才能报答他们的善意之一二。

坎宁安召集来3个当地猎手，他们就在那天早晨我们到达后雄赳赳地走进他的驻地，我们和他们一起翻看那本关于当地可能有的猎物的图册。令人怀疑的是他们的反应异乎寻常的流利，以及对每种猎物的数量不适当地强调。我们特别感兴趣的是熊猫和羚牛。就我们所知，还没一个白种人猎杀过熊猫，我们相信熊猫的数量很小，我们获得熊猫的机会微乎其微，那些猎手却声称虽然熊猫和熊一样现在正在冬眠，它们有的已经从冬眠中醒来到处转悠，还说如果我们能等到6月份，我们就能看到不少熊猫。他们的那些话与我们得到的相关信息相比较，并没有给我们多少信心。但是他们所说的地区离这儿只有两天的路程，我们还是同意等补充完必需品以及马队的多种需要后，我们与他们一起出发去那里。

这个地区极少有人狩猎羚牛。美国驻重庆领事梅森·米切尔是第一位猎杀过这一种群羚牛的白人。那是在1907年5月，米切尔先生做了一次探险，在打箭炉以北两天路程远的地方。他将羚牛皮送给美国国家博物馆以及伦敦的罗兰·沃德（Rowland Ward）。1908年5月，沃德先生写信给他，说已经证实他送的那只羚牛是一个新的种类，已经以米切尔先生的名字命名，以表彰他的功绩。

自那以后有几个欧洲人到这里猎杀过羚牛，其中罗伊·安德鲁斯在甘肃猎杀过羚牛。华莱士在他的特别引人入胜的《中国西部大型猎物》（*Big Game of Western China*）一文中，所以能附加上旁人无法与之相比的实物素描，就是因为他在甘肃对羚牛做过实地研究。

打箭炉是西藏与中国其他地区之间一个大的货物集散地和探险者们会聚的地方，人口有两万多，其中一半是汉人，1/4是藏人，其余不是汉藏混血者就是边境杂居的其他部族的人。三四座桥将纵横的河流切割的地块连在一起。在大多数中国村庄里，你要买旧货、淘宝，就到桥边去，在那里你会看见摊贩一天大半时间就蹲在地上叫卖，前面摆放着各式各样的货物，有古老的青铜器、小块象牙、玉片、古老的骨牌等，就散放在廉价的小玩意儿、玻璃瓶子，以及锡制的饼干盒子中间。也许是因为它混杂的居民的缘故，打箭炉却是个例外，它的旧货商贩住在幽暗的小屋里，我们从那里淘了几件有点意思的小物件，还有一些状似香肠一样的生牛皮袋子。那些袋子有一股浓烈的牦牛油和糌粑的气味，它的用途是装大量的银币，所以对我们来说，随身带上很有用处。

我们喜欢古旧玩意儿的消息一传开来，喇嘛们就独个儿或成群结队地来到坎宁安先生的驻地院子，从袍子里掏出各式各样寺院的装饰物品，有铃铛、经鼓、锣、火盆、茶壶、号角、酒桶、照片、袈裟以及厨具和餐具等。有一些物件看起来叫人恶心，比如有人头盖骨做的饭碗和大腿骨做的号。我们选了一些适合我们运输能力的物件。讨价还价往往要持续一整天，离开又返回，你要表现出对那件东西其实没有多大兴趣才能讨价成功。

隋丹整整一个早晨时间都在我们的驻地忙着摆弄他那架动画电影摄影机。他对拍摄一大队脏兮兮的牦牛驮队兴趣浓厚，有时为了获得他想要的角度，热情使他差点成了那只看护驮子的恶狗的受害者。那支牦牛驮队是从打箭炉折回来的，因为牦牛不能在低海拔地区干活儿。这里的市场不仅卖牦牛油和奶酪，而且卖牦牛肉。我们发现这里的牦牛肉很不错。

一天晚上我们与县长一起吃晚饭，凡是在那里的外国人都被邀请了，包括坎宁安、第七日基督福临会传教团的安德鲁斯博士以及法国传教士们。那天下午我们拜访了聚居地的主任牧师（dean of the colony）佩尔·基兰督（Pére Girandeau）。那天正值他在这儿住满51周年。按当地的风俗，他的棺材已经做好，随时可用。这些传教牧师来到这里就是打算在这里生活一辈子，一般都不会再回到法国，有的甚至连休假都不会回法国。这位年老的牧师精神矍铄，我们也发现这里的每一位牧师都很开心快乐。

晚餐上传教团的代表是瓦伦丁和帕斯德尔（Fathers Valentin and Pasteur）。瓦伦丁在这儿传教已有25年了，帕斯德尔去年才来这里。席间只有一位西藏人，这个藏人是西藏商会主席（head of the Tibetan Board of Trade），他的汉人同僚最近才被从单独禁闭中释放出来。他反对为了县财政向汉族商人征收繁重的赋税而被县长囚禁。我们无法得知他获得释放的理由，最可能的原因是县长和他的囚犯间有不同寻常的情谊，据说他们经常一起喝辛辣的米酒而互表忠诚。

晚餐饭菜还是惯常的猪肉、鸡鸭和蔬菜。我们发现有两道菜最合我们的口味，一道是第一轮上的加了调味品的意式面条和口感极佳的西藏蘑菇。屋子里的一角是个吸大烟处，那里摆有吸食大烟的一整套烟具。席间有几个客人离开饭桌到那里去吞云吐雾一番。很难在中国的这个地区看到禁烟取得的进步。尽管法令一再宣告吸食大烟非法，这里大烟照样公开吸食，而那些苦力是最深受其害的人群，他们的大部分血汗钱都随"黑烟"消散了。

我们发现县长是个令人喜欢、有学识、不论什么时候都乐于帮助人的人。从传教士那里我们了解到，他比他的一些前任好了很多。在他以前有一个县长脾气暴躁、嗜血成性，好几个仅仅犯了小错的人都被行刑队处决或被投到河里淹死。那个家伙有一个厨师，这个厨师跟随他已有好几年了，就因为厨房失火烧坏了他的财产，厨师就被砍头了。最后那个县长被赶走了，最后听到的消息说他在北京生活在贫困交加中。

我们花了两天时间修补铺盖和靴子，购买食糖、茶叶和面粉，做好准备随时出发。向我们的朋友洛桑和阿九道过别，我们安排好了出公差的驮队。这种强制性的运输体制在这里很盛行，如有县长或其他官员出行更是如此。理论上一个村子整村都必须按旅途分段供给马队必需品，实际上你只要给他们每天每头牲畜或一个苦力付25美分就行了。院子里挤满了牦牛、驴和仆人，一片混乱。这期间我们的驮子也按类整理，对于那些能雇用一个纯牦牛的驮队或是骡子驮队的人来说，不建议采用前面提到的那种强制性的运输方式，不过我们很高兴有机会在我们的目的地不很远，也不可能造成时间浪费时试一试。从九龙出发的几段旅途中，我们拼凑的驮队就是由女赶骡人管理的，而现在我们一般的雇工（脚夫）都是姑娘和妇女。

经费往往是造成困难的主因。云南人使用的那种半美元（50美分）在这里通行无阻，但面值20美分的硬币却不行，这里通行的货币被叫作西藏卢比（Tibetan rupee）；偶尔也会有旧时的"约翰公司"（John Company）②一种货币图案出现。有一种流行的简单方法是分成好几个部分；卢比只是取做两块。上海元和银锭也在流通；后者略有不同，但是都值14卢比左右。铜元和一张二百块钱面值的纸币用于购买小额物品。尽管由于它们的计算方法和估计的价格差距很大，但是离开这个使用多种通用货币的地方，你会发现在那些小一点的城镇，哪种货币可以使用的问题更让人觉得困难。

我们穿过了北拉萨门（the north Lhasa Gate）。旁边有两个石头柱子，上面刻着头像。它们代表了一种当地的旅行者守护神，他们的商队在出发前献上祭品以及信徒的姓名。离这个门半英里开外的地方，有一个基

牦牛驮队

第六章 漫游打箭炉

骡夫搅拌酥油茶

督教徒墓地，远征军的佩雷拉将军就葬在这里。紧挨着他的墓，是佩尔·大卫纳特（Père Davenat）的墓，他在喇嘛的手里遭受到野蛮的对待，一直未能痊愈。他被派驻在距离打箭炉六七天路程的一个单独的位置上。1911年喇嘛叛乱的时候，他被制服，喇嘛脱光了他的衣服，把他绑在寺庙前面的柱子上。从寺庙进出的喇嘛每人都会拔掉他的一根胡子。时值1月，11天之后，佩尔·大卫纳特才被解救。

那天我们出发时已经很晚了，只行进到了不远的地方。我们来到一个肮脏的小村子。在那里我们受到村长的热情招待。我们一直顺着一条河走，经过了一座茅屋，这座茅屋以含硫的温泉闻名。几处温泉被覆盖起来，但还有3处相当大的温泉是露天开放的，即使在这样的寒冷天气里，那些温泉里也挤满了男人和男孩子。我们回来时天气更加冷了，又下起小雪，而这一次很显然是妇女的节日，温泉里满是女人和姑娘们，她们赤身露体就在路边洗浴，一点都不怕羞。

为了尽快弄清楚这个河谷的猎物情况，我们决定分头行动，抛硬币确定个人的方向后，隋丹赢得了河下游最远处。据此，第二天中午休息时，我们就将他留下，待在脏得不能再脏的一间石屋里。我们一路顺河谷上行，一路向碰见的路人打听关于熊猫和羚牛的消息。泰德事先已经从米尔恩·爱德华兹（Milne Edwards）的《中亚的哺乳动物》（*Mammifères de l'Asie Centrale*）一书里复印了一些雕刻图片，并保存在文件夹里，为的是给人展示以方便辨认。我们得到的信息明显不能令人满意；从来没有人亲自碰到过熊猫，甚至没有一个人能承认他见过熊猫皮。羚牛他们倒是知道一点，但是他们说要找到羚牛还要走很远的路，而正值大雪封山，在这个河谷要接近羚牛是不可能的。

让我们更加不信任的是打箭炉来的猎手宣过于瘦弱，而肩上扛的又是一杆十分老式的火绳枪。他来自离这里15天路程的地方，但却声称常在这个地区打猎。他说我们可以在这个地方看到喜马拉雅羊、牡鹿和香獐，再有一个月熊也会从冬眠中醒过来，但羚牛离这儿还很远，而且无法靠近，至于熊猫他根本就没见过。

他的这番话让我们以前获得的信息一文不值，但是我们已经接近我们事先计划中的村庄了，我们都同意让泰德和我们一起打猎，我们既然已经浪费了不少宝贵的时间，我们还是愿意留出一天时间来打猎，或许会碰上一只牡鹿或喜马拉雅羊。那天晚上我们都郁郁不乐。虽然我们在打箭炉获得的消息听起来很不错，但其实我们被领上了一条白费力气的歧途。3个猎手都声称亲眼见过熊猫，隋丹的助手甚至说他还猎杀过一只熊猫，但是又补充说他的猎杀发生在这条河谷上游离这儿4～5天行程的地方。

晚上又开始下雪，我们的猎手请求说那不是打猎的天气，还说我们最好不要出门。这个建议被我们否决了。我过了河，开始快速向山坡上走去。新降的雪将灌木丛和树木覆盖的低处山坡装扮成童话世界，但行进并不那么浪漫。经过4个小时的艰难跋涉，我们终于到了山顶。我们没有看见新的迹象，只偶尔看见原来的积雪里牡鹿留下的几处蹄印。

就在我们研究这一地区的猎物时，我们听到河那边的泰德开枪了。那时我和我们前一天遇见的那位猎手在一起，他说泰德所在的地方是喜马拉雅羊的领地，他遇见了喜马拉雅羊群。躲在旷野里搜寻猎物很冷，而且辛苦并没有获得回报。我们看到的只是香獐留下的蹄印，除此而外，就是一些雉鸡和鹧鸪的爪印，以及西藏大耳雉鸡（Crossoptilus Tibetenum），这是一种灰白色、大小和火鸡差不多的鸟。还未到达打箭炉的时候，我们曾经看见过这种鸟，而且用斯普林菲尔德枪打过几只。这种鸟吃起来也不怎么样。

天黑时分我回到村子，泰德还未回来。他刚出发不久就看见有喜马拉雅羊，经过较长时间的守候，终于进到射程以内，在150码的地方他打到了两只这种漂亮的"蓝羊"。他将一只年龄小的公羊剥了皮，他以为那是一只母羊，这样就可以把那种动物收集全了。他传话来要派牦牛把皮和肉驮回来，但它们迟迟未到。于是他和贾法尔·锡克把皮全剥掉，带着猎物跌跌撞撞下山，半路才碰上接他们的牦牛。

我在打箭炉雇用的猎手爬山很是吃力，但他却是个开朗快乐的人。事实证明泰德的助理猎手实在无用，刚离开营地不久他就病倒了，说他不能再向前走了，于是泰德就让他走在前面，自己在后面不停地督促他。那个猎手时不时跪下来祈求让他回去。最后他还是撑不住了，就让他回来照看牦牛。

杰克·杨忙忙碌碌了一整天，打了一只松鼠和几只鸟，收拾得干干净净，算是对他的努力的证明。

村子里有四五户人家，每一家有一间屋子作为小教堂，里面摆放着经书和鼓、锣等法器。我们即被安排住在这样的房子里，另一间屋子里一位游方喇嘛正在作法事，他一整夜都在吟唱经文、敲打锣鼓。

第二天是3月4日。我们又回到打箭炉。我写信给隋丹，告诉他我们对原先的计划做了一些改变，但送信的人磨磨蹭蹭，只比我们早到了几分钟，他本应该在前一天晚上就送到的。所以信送到时，隋丹已经出去打猎了，直到第二天早上才赶到打箭炉。他的那个助理猎手被证明是3个猎手里最差劲的。我们离开他的那天下午，他就出去打猎了，时间不长只有半个小时那个猎手就病倒了，病得还不轻，随后就消失不见了，那是他最后一次看见他的狩猎助手。尽管如此，隋丹还是看见了猎物，不是黑鹿就是牡鹿，但没有一次得手。有一次他甚至看见了豹子新留下的爪印。

我们事先送到打箭炉要加快驮运安排的信，也和送给隋丹的信一样没有及时送到。其中一封信是在20小时以前发出的，我们到达打箭炉后的几个小时以后才送到。我们现在期望到穆坪去，那里驮队去不了，所以我们派杰克·杨和大队人马走大路到雅州（Yachow）[3]，我们再雇些脚夫和我们一起走。

尽管坎宁安和县长都做了努力，事情进展得还是很慢。部分的耽搁是由于接受安德鲁斯一家的邀请并使用他们安装的日本澡盆造成的。上一次我使用澡盆洗澡还是在大韩帝国（Korea）费力地打完猎以后。一只木桶下面生着一个火炉，所以桶里的水温不停地上升，人不是被不断升高的温度赶出澡盆，而是被"要不就逃跑要不就被煮熟"的选择赶出澡盆的。

到巴扎逛悠也没有新的发现，可以摆上餐桌的美味是鹿腿，就是九龙的县长送给隋丹的那种鹿腿，青筋和残余的肉一绺一绺的在骨头上吊着，那里还有令人恐怖的猴掌或前臂。让我们感兴趣的是药材店里那些狍子角。

喇嘛们陆续来到传教团驻地的院子里，我们又从他们那里买了些小玩意儿。我在巴扎里碰到一个藏人，他的肩上挎着一只包着皮毛的酒壶。起初他坚决不卖，但是几个善意的笑话加上围观者的起哄，最终他还是受了引诱愿意卖给我。

3月6日下午，我们终于雇到了脚夫，我们就顺着河向下游进发。海拔降低很容易感觉到。在离瓦斯沟（Waszekow）20多英里的一段路程里，海拔降低超过3,000英尺，而我们也经历了从冬天到春天的季节变换。第一天晚上我们是在路边一家肮脏的小车马店度过的，晚上我们将铺盖铺在顶楼上睡觉。狂风怒号了一整夜，好像要将屋子连根吹翻。楼下的嘈杂声此起彼伏，抽大烟发出的令人愉悦的香气一会儿就让位于阵阵恶臭。凌晨时分发生了一起可怕的争吵。起初听起来好像有几个女人被谋杀了，随后是男人刻薄的骂声。在我们吃早点的时候，楼下面传来阵阵无法描述、刺耳、邪恶，但又孱弱的亚洲式怒号声。从宣处得知那是一场家庭纠纷，丈夫、妻子和女儿吵得不可开交。女儿"对人很不好，她骂她的父亲骂得很难听"，有点像是偏僻四川一个"现代反叛青年"。我们离开时搏斗声尚未停止。

翌日一路阳光灿烂，果树上繁花似锦，山坡田野石头围堰泛着淡淡的新绿。那些石头是从田地里一块一块清理出来的。仙人掌篱笆也让人眼前一亮，而隐现在桃花和梅花丛中的是亭亭玉立的棕榈。空气里充满春天的慵懒气息，经受了数周山间刺骨的寒风后，我们在这里倍感温暖放松，不想再苦自己。

我们一路见到的行人主要是一队队的苦力，他们都肩扛高高的砖茶驮子，向西藏的方向走。他们肩负的重量简直让人无法想象，有的重达400多磅。这些苦力绝对可以让斯坦布尔（Stambul）的库尔德搬运工无地自容，他们中既有男又有女，所有年龄档次的都有，负重的重量从最年长到最年轻变化不等。我们那天的旅程不远，不超过10英里。尽管这里的路还不算很糟糕，但一翻过山梁，路便突然地成了另一番景象，即使空手跋涉都很艰难，不借助登山手杖那就难上加难。

茶叶包装成3英尺半到4英尺的细长卷，一个驮子有6英尺高，路边的驿站显然也是按这个尺码建造的。路上偶尔也会有石头墙，高低正好合适。在小旅社里，靠墙有一排长凳，离地面的距离也很适合。每一个苦力都扛着一根带有横杆的结实的木棍，苦力时不时把货物放在横杆上以减轻背上的负重。经年累月，包铁的木棍头在沿路的石头上都磨出了圆坑。

自打箭炉下行30英里，我们看见了渡河的船，那是3只用生牛皮做的筏子，其中一只筏子上装着两根松木在湍急的河水里上下颠簸。在泸定桥（Lutingkiao）近处，一条很大的平底驳船从我们身旁驶过，或许那条驳船是用作渡船使用的。就在距我们不远处，一个人站在石头上在激流中钓鱼。他用竹子的一节做绞轮，将渔线远远地抛进河水里，然后灵活地转动手腕用他那个原始的绞轮将渔线一圈一圈地拉回来。我们起初还以为是诱饵，原来是一根当浮子用的羽毛。铅坠就在渔线的下面，钓上来的都是以河底物质为食的鱼。渔夫背上挂着一个竹篓。

我们从泸定桥突然转向上行翻过大山。我们早上6点45分出发，一个上午都艰难地走上山路，中午时分在一个山间小屋稍事休息一小时。随后我们继续跋涉，河谷里的空气不再那么温和，3个小时后我们到达山顶一个隘口。一路走来看见不少神龛，一些已经很久没人来朝拜，破烂不堪倒塌了，还有一些保护得很好，香火旺盛。有时我们的苦力也上前去点一根神烛。大一点的神龛里有撞钟，献祭、祈祷以前先敲钟，以

运往西藏的砖茶

穆坪县小路上的脚夫

引起神祇的注意。有的神龛只有符，更常见的是山神像和他的妻子土地女神。山神往往被雕塑成一个白胡子的老头儿。很难理解为什么变化无常的苦力们会让一些神龛荒芜凋敝。在一个地方，一尊雕塑得很好的神像背朝大路坐在一张安乐椅里，塌下来的木椽就斜架在神像的耳朵上。

在隘口的上空湿冷的浓雾在翻滚，覆盖了一切，10英尺以内什么都看不见。路上积雪很厚，石头上全是冰。和我们一起从泸定桥出发的还有一个妇人和一个男子，那妇人性格开朗、面目和善，一路若无其事地缓缓而行。那个男子是个年轻的官员，只要路况可以就要一个苦力背着他。他到达隘口时，头耷拉在苦力的头上，两只手臂就吊在苦力的肩膀上。南美洲那木比夸拉印第安人（Nhambiquara Indians of South America）有将自己的宠物猴子顶在头上的习俗，第一眼看去，你还以为他们头上戴的是猴皮帽子，一旦猴子抬起头来，真会把人吓一跳。苦力背上的官员不能不让我联想到那木比夸拉印第安人（Nhambiquara Indians）的那个地方。

我们从海拔4800英尺的泸定桥出发，这里隘口的海拔是11,000英尺，晚上投宿时我们已经下降到海拔6400英尺的地方。我们一路下行，浓雾变成了无休止的雨，不一会儿我们就浑身湿透了。我们走的路沿一条狭窄的沟壑向下伸展，两侧冰冻的瀑布闪着亮光。我们在石头中间跌跌撞撞艰难前行。隋丹和我有一个很称职的脚夫，他在一家小户人家弄到了一根竹火把，那根火把一直为我们照路，直到被雨水浇灭。从此，我们每到一处人家，都会弄一根新火把来帮助我们继续向前，直到我们的目的地——那间摇摇欲坠的小屋。加上我们在摔跤之后还得重新找回前进的方向并估算里程。马队后面的人马到达目的地时已经是晚上9点45分了。

第二天早上我们七点半就出发，冒着严寒顺河谷艰难下行。在一个村子里我们看见了一张很旧的羚牛皮。在晚上投宿的地方，一位老人说5年前他在穆坪那边打过猎，打到过羚牛，用陷阱捉住过一只熊猫。他说离这儿一天路程的他家里有一张熊猫皮。我们同意说如果他能把那张熊猫皮带到天全（Tienchuan），我们就买下它。他说的听起来很确实。

路上的邓川居民

垂钓洱海河

他坚持说其实熊猫不冬眠，他的说法支持了裴雷拉的报道，但与欧内斯特·威尔逊的说法相悖。我们宁愿相信他的这个说法，因为我们的情报人很谨慎地指出两者之间的区别时说黑熊（冬天）的确睡觉。

我们经过一个人家，泰德看见有人在剥一只褐色、形状长长的动物的皮，他就将那只动物买了下来。那只动物看起来像非洲的蜜獾。泰德自己在投宿处将那只动物的皮剥得干干净净。

第二天早晨，我们一觉醒来时，漫天雨夹雪，雇工头儿跑来说前面有土匪，请让他们再睡一天。就在前一天，我们经过了一户前不着村后不着店的人家，这家在一个礼拜或10天以前遭强人洗劫，房子被烧毁。我们的人解释说，我们要走的那条路从河边转向，翻过雪封、树林覆盖的高山，从峡谷出来又与那条河汇合。和马队一起先出发的3个人随后也回来了，说他们受到了袭击，有人在隘口顶上不远处向他们开了枪。

我们拿了两支备用的来复枪出来武装我们的猎手随从，心想他们肯定不会辜负一位传教士妻子的期望。这位妻子说过"打猎肯定不容易，但有我们的神射手，给我们打只猎物不成问题"。投硬币确定泰德和隋丹打头阵，我押后。自从有410步枪冒险后，宣就被叫作"荒原"，他公开说他不愿意杀土匪，但他并不害怕土匪，因为如果他被杀了，作为一个基督徒他就会回家去上天堂。有3个当地的士兵随我们一起，表现得很好。我们在雪里艰难行进了1500英尺，他们一直冲在最前面勘察情况。他们有两次向据他们说是劫匪的人开了枪。

新下的雪将松树压弯了腰，雪景一如既往的美丽，但下到河谷的路却是异常艰辛。负重的脚夫摔倒的次数远比我们少，隋丹更是一头栽倒跌得可怜，连他的枪口都进满了泥土。晚上的远征结束后，我发现我们的脚夫只跌倒了5次。

我们一到河边的村子就得知，昨天晚上投宿处的头人已经事先派人要当地的民团差人在关口迎接我们。一共派了5个人，但他们遇上了20多个土匪，他们被土匪连人带枪一起劫走了。很不幸我们没有能力做任何事，无法有所补救。

这里的河谷开阔，河两岸是耕地和花园，隔成一小块一小块的茶园越来越多，长得很高的浅黄色芥菜将整个山坡变成"金线织就的田野"。果树——杏树、梅子树和樱桃树竞相开花，也让我们经过的一座古老庙宇的院子生意盎然。遥想昔日，这里应该是个朝觐者来往的繁华所在，眼下它已经衰落，满目凋敝。

长满青苔的大石头成功地经受住了时间和风吹雨淋的侵蚀，建筑物的橡檩廊柱可就没有那么幸运了。靠四周墙壁站立的神祇塑像依然可辨。在主神的两脚间立着一只狗的木雕形象，那是一只饲养的家养犬，给一群陌生的男神和女神平添了一点人性。

这个山谷有一些煤矿，有时我们看见有人用煤作燃料，我们经常看见妇女背上背着装煤的筐子。与云南的情况形成强烈对照的是，我们在这儿没有看见妇女缠脚。这里的人用绳索桥过河。河上架设一根竹子或草编的缆绳，再用细一点的绳子穿在缆绳上的竹子小环里。渡河的人骑在一个横木上，横木用结实的绳索固定在向下弯曲的一节五六英寸长的树干上。这个弯木块由人用那根新一点的绳子在对岸用力拉，木块就顺着主缆绳滑动。苦力们一边奋力撑着松木原木排子，把堵塞的原木疏松开来，一边一齐喊着船工号子来减轻劳动强度。

我看见河里有野生鸬鹚，这里不像中国大多数有人居住的地方那样利用鸬鹚捕鱼。泰德还看见一些野鸭子，他认为他从野鸭子里分辨出了另一种异常珍稀的鸟类，野生鸳鸯（wild mandarin）。

12日我们到了天全，那是一座布局凌乱的城，我们就住在当地的浸礼会传教团所在地。在那里常年都能看见外国人，我们发现中国人的好奇心在这里被放大了N倍。只要我们的鼻子刚一露出屋子，我们就呼啦一下被好奇的人包围了，他们会用手指头将窗户纸捅成筛子，为的是偷看我们这些留着奇怪胡子的人吃饭、看书或脱衣服。

这样的大城镇竟然与外界不管是陆路还是水路都没有丝毫联系真是

件不可思议的事。不论是从外面带进来的货物，还是从城里送出去的货物，都是通过肩扛背驮。我们沿挤满了人的窄街道闲逛，我们没有看见驮东西的四足的动物，没有一家商店卖马的驮子、马掌或与运输马队用品有关的商品，这些用品在我们所经过的不论大小的村子里都能见到。

天全的意思是"完全的天"，但在西方人的眼里，无论如何那个名字都名不符实。与那么多中国城镇一样，贫穷毫无遮掩地展现在你面前，跛脚的、残疾的、失明的到处可见。这里的甲状腺肿大症患者数量明显比其他地方少，但是患者的病情要严重得多。可怕的疾病在这里蔓延，一个男孩子的尸体就躺在寺院的大门前，他的眼皮上爬满了苍蝇。这里没有必要提及那种气味。

这座城里没有中国城镇里那种常见的一条长街道，这里有数条大的街道和不少小胡同。雕刻精细的牌坊横跨在街道上，院子宽敞的寺院，大树森然，石栏隐映，吸引路人晋谒。在街道拐角处小神龛里，神像脸上被涂上鸦片，鸦片上粘着作为祭品的鸡毛。

第二天的旅程很长。我们问管随从的头儿如果速度快点的话多久能到达穆坪，他回答说需要10天。于是我们就给他和每一个苦力（脚夫）相当丰厚的小费保证每天花费。这才让那个头儿重新安排了一个计划，把原先说的10天改成了8天。马队给我们托运东西，我们是付钱的，按磅计算，我很少见到过使用这种办法，对此感到满意。这种办法与你雇用了多少脚夫无关，也与你把货物分成几个驮子无关。管脚夫的头儿把什么都计划好了，驮得最重的拿的钱最多。如果中途变换驮子，那也会按这种办法考虑。

我们出发得很早，我们经过的路就好像是早期的传教士们使用的关于中国的书里的插图，或者是那种老式的学生用的地理教科书的插图，那上面描绘的是一幅支离破碎的乡村景象：山坡上是层层梯田，从山顶到山底的梯田里种植的是茶树和粮食作物，偶尔有古老的小路蜿蜒其间，男人和女人正在梯田里忙碌劳作着。近处在锣鼓声、歌声中进行的是一支送葬的队伍。

我们中午在一个老磨坊打尖，当地人在这里用两个巨大的磨石磨玉米。河谷里春意盎然，果树已经开花，野草也给山坡披上了嫩绿。

下午我们爬上一座陡峭的山坡，然后开始在泥泞湿滑的石头路上极速下降，我们跌倒了再爬起来，前仆后继，与以前一样，我们已经习以为常了。还没有到达山脚下天已经黑了，一小时过后我们才进入灵关（Lingkwan）镇仅有的那条长街道。这里的景象很可能就是一幅日本彩画表现的真实地点。我们在城门口看见四五个铁匠铺子，铁锤打在烧红的铁上叮当作响，溅起的火星就像黑夜里的萤火虫。给街道照明的是纸糊的灯笼，昏暗的灯光让店铺和住家的门口有了浮雕的感觉。

我们住的那家小旅店既不宽敞也不干净，经过一整天艰苦跋涉，我们只需要一块放得下铺盖的空间就够了。天已经很晚了，好奇的人群还是围拢来看我们，只有在我们突然地熄了灯后，窗外以及墙缝后面窸窸窣窣的脚步声才宣告围观者已经在散开。

第二天我们到了穆坪。脚夫们已经累得不行了，只有一个脚夫还未躺下。他身材瘦小，似乎比其他脚夫受吸食鸦片毒害更深。很明显所有的脚夫多多少少都吸食鸦片。长时间的跋涉，大部分都是在损毁、腐朽的木头架设的小道上穿过狭窄的山口，一步步走到小城穆坪的。我们计划从这里开始猎获熊猫和羚牛的狩猎之旅。

注释：
① 贡嘎山是世界上相对高度最高的山之一，故有此一说。——编者注
② 即英国东印度公司。——编者注
③ 今四川省雅安市。——编者注

第七章 佩尔·大卫之城

（小西奥多·罗斯福）

东方的神祇向我露出苦相。

——吉普林

穆坪是西藏周边半自治封建小王国之一，自远古以来，不论什么样的邻居，只要强大有力，就与之有若即若离的联盟关系。穆坪离成都很近。成都自三国时代起就是中国一个很重要的城市，它一直保持着自己的特点，这一点确实了不起。成都的编年史就是一部与外强入侵斗争的历史，历史的一幕就在去年夏天落下了。取得统治权的家族是藏族，几年前该家族的最后一个亲王死了，留下一个妻子和一个女儿。女儿嫁给来到穆坪的打箭炉的扎鲁（Chalu）家族的一个王子，大约一年前，这个王子被杀，到底是被自己的佃农还是被汉人杀死的，人们说法不一。现在的穆坪县长是个汉人，昔日部落头领留下的只有在贫困中隐居的3个女人。

汉人不是他们的统治者，是真正的入侵者，他们慢慢地渗透到这个地方，与当地人结婚生子。现在大一点的城镇里居民主要是汉人，即使是小一点的城镇，那里也是民族杂居的地方，纯血统的原始部族只有在隐蔽于深山老林里的山寨里才能看得到。

穆坪县的县长是个和蔼友善的小老头。我们到的那天晚上就派人给他送信，还给他送去了一只蓝宝石戒指和一支自来水笔。我们很快就得到了回复。我们的特使荀（Hswen）[①]带回话说县长要来拜访我们，随后就到。我们正在汉人聚居地基督教传教团的驻地。县长一到我们就领他到我们已经安排好椅子的屋子，我们给他沏好了茶，端上无花果馅点心和一杯黑莓白兰地，当然还有一个手电筒。然后我们陈述了我们的期望。他友好得不得了，他对熊猫和羚牛十分了解，而且说他很乐意为我们找猎手，但他说的话没有让我们猎获熊猫的信心有所增加，他说猎获熊猫的机会很小很小。我们问他是否可以让我们看一下熊猫皮，他说城里根本没有熊猫皮，但是他愿意派人到城外的村子里试着弄一张来。

他对当地了解之少令人惊讶，他说他连绕城流过的河叫什么都不知道，他解释说他到这个城里来才"一年"。我们再三道别后离开，相约中午在他的衙门里吃饭时再见。

休息一天实在惬意，我们很享受我们的克什米尔仆人所称的"欧洲式的早晨"：一觉睡到7点才起床。起床后有人送来一只油乎乎的小木澡盆，我们用肥皂把身上我们的爱尔兰女仆说的"最大个儿的脏污"洗掉，我说的"我们"是指克米特和我。到了隋丹洗澡的时候，已经有一群小男孩围上来看，于是他只好谦恭地退到散发着霉味的地下室一样的里间屋子里去。

我们在温暖的阳光里散步，在全城80%的居民的陪同下将整个城穿了个过儿。破烂不堪、已经作为兵营的喇嘛寺院，不远处山顶上一座古老的要塞，有两只石狮子守护的曾经的王宫旧殿的坍塌台阶——向人们诉说着这个城的昔日辉煌。我们在城里最大的一座庙宇前停下。只是一座汉式庙宇。院内两边的侧廊里有代表地狱鬼神的造像。造像是用泥土在草扎的骨架上雕塑的，造型虽然粗糙，颜色倒十分鲜艳，而且个个动态十足。黑色的恶鬼是狱卒和惩罚执行者，他们正焚烧、肢解、绞杀各式各样的罪人。院子远端处坐着的是一组主神，它们也是用泥土做的，除了名称不一样外，其大小与其余造像一般无二。与我所见过的大多数中国庙宇一样，这里的所有东西都破烂不堪、摇摇欲坠。一尊神像缺了一只胳膊，另一尊连头都不见了。它们好像没人来朝拜。跟在我们后面的那群人拥挤在神像中间，一边说话一边用手比画着，活像一群吵吵闹闹的参观蜡像馆的孩子。我注意到一尊神像倒下后滚落在另一尊神像的座椅下面。可能这些汉人发现所谓的神祇的脚都是草和泥巴做的后有了别的想法。

在县长衙门吃的晚饭一如既往的丰盛：米酒、羊排、蔬菜。在座的客人除了我们还有这个地区的头人，我们希望从这头人那里得到当地的猎手。还有一位是当地民团的头儿。另一位是个脸庞棱角分明的年轻人，他指挥的是正规军队。很快整个饭桌都成了他一个人的讲台。他问我们美国一共有多少军队、多少枪支、多少门大炮以及一系列与军队有关的问题。然后他又转向另一些话题。他有3个问题引起了我的兴趣。它们是："美国是如何看待孙逸仙博士和他的中华民国的？美国能阻止另一场欧洲大战吗？为什么日本和英国对中国不友好？"

像通常一样，当米饭端上来的时候，宴会也就要结束了。这时县长给我们拿上来4只鸟的干尸体。它们是在周围的山里被猎获的。我认出了一只，那是一只白腹锦鸡。另一只个头很大，胸部煤一样黑，逐渐由彩虹色变成绿色向背部过渡。还有一只有野雁那么大，羽毛呈灰褐色，尾部有一片白色。最后那一只是4只鸟里最小的，只有几内亚母鸡那么大。它的羽毛颜色特别可爱，浓烈的橘红色里夹杂一抹浅灰色，它的冠毛呈橘黄色。那天晚上头人从我们就要去的那个村子里来，他告诉我们他在过去的4年里打了一只熊猫和一只羚牛。我们安排好第二天就和他一起去。

那天在穆坪令人觉得可怜的事件是从打箭炉来的西藏亲王遗孀的来访。她是和她的女儿一起来的。她的女儿11岁。那妇人已到中年，相貌平平，一脸傻气。她来访的目的是请我们为她们阻止成都当局。她们害怕被成都当局处决。我有理由认为她们的恐惧毫无根据，但对她们来说那可是一定会发生的事。她们给我们带来了干肉，我们以一条丝绸头巾回赠。就要离开时，她们在我们的厨房停住，向我们的厨师要了一个空锡罐头盒子。

第二天一早，我们就整好了行装准备好出发了，搬运工自然还没有到。我们等了一个小时后，我和宣一起去找他们。我们这才知道他们散居在城里不同处，还在呼呼大睡，于是我们派汉人保罗·莱佛士（Paul Reveres）去把他们叫醒。他们最终还是都来了，不过他们可是一帮七拼八凑起来的家伙——"安迪哈廷甘的麻烦狗群"（Andy Hartingan's bobbery pack）。这些人的年龄从不会超过我的孩子的年龄到胡须已经花白的成年不等，他们中间只有不到一半的人是完全健壮的成年人。经过一番口舌和混乱之后，我们整理好了驮子准备出发。我们沿街道散乱而行，还要时不时停下来。第一他们忘记买食物，第二他们还需要买鸦片。

过了那个巨大的石头城门以后情况就变得好多了。天气晴朗，已有春天的气息，太阳暖洋洋的，河水从石头上轻快地潺潺流过，山两侧是层层小块梯田。路也很不错，有些路段是在坚硬的岩石上凿挖的走廊，这些走廊与我们到穆坪的路上走过的那些用细木棍撑起来的木板桥截然不同。我们了解到，出于防御的目的，王国过去的统治者们设法让接近自己领地的交通尽可能的困难，而领地内的交通尽可能的方便。有时在这些石凿的走廊壁上能看到神龛里色彩欢快的神像。

有一次我们还看见了两个渔夫。他们用常见的带有折弯的铁丝做的引线的竹子钓竿，但他们不用钓饵。每个人的渔线末端都有3个鱼钩，这些鱼钩又用铅坠沉到水下。渔夫是将鱼钩和铅坠一同甩出去的。他不停地小幅度猛拉渔线，让鱼钩钩住碰上的鱼儿。在急流的下游，五六个当地人正在往河里扔石头，试图将鱼儿赶到水流急速处。

一个渔夫将渔线缠绕在我们以前看到的那种竹子线轴上，另一个渔夫则用一个用木钉固定在鱼竿一侧的小轮子，很有英国那种现代转轮前身的味道。两人都有用竹子编的瓶状大鱼篓。尽管很原始，两人在一点上还是很现代的：他们的鱼钩上都没有倒钩。很像钓鳟鱼者要时常晾干假蝇鱼饵一样，他们经常要在一块小磨石上打磨鱼钩。他们刚才钓上了两条鱼，两条鱼都呈流线型，应该是游泳好手，但偏是下颚突出而多肉的傻瓜。当地人说那条河里没有其他鱼类。

天很快就黑了。在我们跌跌撞撞行进在山路上的时候，一个黑乎乎的东西隐隐约约出现在我们的左边，一阵狗叫声才印证了那是一户人家。破烂的门缝透出微弱的灯光，屋内传来持续的吟唱，有点像水手之歌，那沉重的扑通声就像是在打节拍。克米特和我停住脚步上前去看，只见在五六根蜡烛的烛光里，有4个人正把一根粗大的树干当作杵操作。他们将楔子打进两块厚木板之间。他们看见了我们，便停下来向我们微笑。我们走进去这才看清楚了，原来他们正在操作一个原始的压榨装置，他们用那个压榨机压制芥末油。芥末油在中国这个地区十分流行。

我们在一弯新月的清辉里结束了我们晚间的行程，艰苦跋涉的马队到得很晚。我们在猎手头儿在泸定峡（Luchingsha）的家歇息。我们刚一到他就给我们看一张小熊猫皮，小熊猫毛色火红，所以汉人把小熊猫叫火狐狸。

一路上我们都在想获得这位猎手头儿积极帮助的最好办法。我们接受了宣的大部分建议，决定答应他（猎手头儿），如果我们猎获一只大熊猫，就把我拿的那把0.38口径镶珍珠的柯尔特自动手枪给他。我们把他叫到我们下榻的屋子里，先给了他一只手电筒，然后通过宣给他讲了我们的计划。他一看见那把手枪，他的眼里就闪着贪婪的光。当我给他演示如何能从挎肩枪套里快速拔出枪来时，他变得更加激动了，在昏暗的灯笼光里，他发黄的瘦脸上露出一副黑帮打手的凶相。在我们给他解释给他礼物的条件时，他有几次突然站起身来，冲到门跟前，从门缝儿往外看以确定外面没有人偷听。临走时他答应给我们找几个当地的猎手和猎犬，他自己也随我们一起去。

然后他把我们领到院子里，借着一盏油灯的光，指着他的屋门两边钉着的动物角给我们看。有两对动物角是羚牛角，其余的是鬣羚角。他说这4只动物都是在他要带我们去的那个地方猎获的，他要我们在他家待一天，他到周围的村子里去给我们找当地最好的猎手并做好其他一些必要的准备。在我们钻进被窝睡觉时，我们觉得猎取珍稀动物的前景一片光明。

我们一觉醒来，这才在白天的阳光里第一次看清了我们周围的情况。我们身处一个小河谷，岩石嶙峋的高山耸立四周。我们住的房子包括几座建筑，围绕一个插着旗子的院子建造。房子全是用褐色木料手工打造的，房子的窗棂上糊着破烂的有色纸张。院子大门口有一个木笼，木笼里圈着一只褐色看门狗。因为狗无法从木笼里出来攻击劫匪，只好不停地向着任何靠近的人狂吠，结果是没有人会去理会它，很难弄明白把狗圈到那里的目的到底是什么。就在狗的对面是一个大粪堆，有点像法国那样。所有屋子的各个角落里到处都是风送来的粪堆的臭味。

我们自然一下子就成了免费的景观。成群结队的东方人向我们围拢过来。有时他们也会说话，更多的时候是我们写字、读书、吃饭，他们就那样严肃地看着我们默不作声。有两个大约3岁的小男孩跟随我们最紧，他们腰以上穿着杂色破絮，下身赤裸着褐色皮肤，满身泥土。

早上猎手和他们的猎犬陆陆续续来了，到中午为止到了13个猎手。人到齐后我们开了一个所有人都参加的会。那些猎手们相貌狂野，与居住在这个河谷里的多数居民一样，他们有着汉人和藏人的混合血统。有一个猎手我们第一眼看见就给了我们很深的印象。那是一个身材匀称结实、肤色浅淡的汉子，尖尖的下巴上有一撮只有五六根的胡须。他的名字叫焕（Huan）。看样子他很有头脑，但我对他的能力抱有怀疑，原因是他的话太多。还有一位健壮结实、肤色黝黑、长着甲状腺肿，说话声音低沉得令人惊讶，这一点与他的东方伙伴们尖细的腔调截然不同。

宣做我们的代言人，表现得很好。我们就猎物向他们做了详细的询问，问得特别详细的是关于大熊猫和羚牛。通过询问我们得知，他们13个人里面只有3个猎手打过熊猫，而且这3个猎手只打到过两只，一只是10年前打的，另一只是3年前打的，而其余的猎手根本就没有见过熊猫。我们问他们是如何猎获熊猫的，他们说全靠他们的猎狗——事实上最后那一只熊猫是被猎狗赶到了树上才猎获的。尽管冷冰冰的事实令人沮丧，但猎手们个个情绪高昂，以至于我们也受到鼓舞，对前景也充满了期待。接着我们谈到羚牛。一开始我们的印象是在场的所有猎手都有每周狩猎一次的习惯，而且每次都能猎获一两只。仔细一问才发现实际情况令人气馁，到最后我们弄清楚了，他们中间多一半都没有猎获过，也没有见过羚牛，而且我们又一次被告知，唯一能猎获羚牛的办法是用猎狗围捕。

我们告诉那些当地猎手们，我们想自己用枪猎杀熊猫和羚牛，我们的打算往往让这些一辈子住在丛林里的猎手感到吃惊和伤心。他对能第一个开枪射杀猎物没有一点自豪的感觉，他需要的只有猎物。他们的伤心对那个头人来说毫无意义，事实上他是通过代理人打猎的，也就是说在他告诉我们他打死了那些动物时，他的意思是说是他的猎手们替他打死那些动物的，他从未想过用除此以外的其他什么方法打猎，而且就他所知，所有重要人物都是这么干的。他以为我们会在河谷里舒舒服服地扎下营来睡觉，而让我们雇用的猎手们漫山遍野去为我们打猎。他意识到他获得报酬的机会正在消失，便强烈表示不满，但我们主意已定，绝不改变，我们最后下令随我们一起的所有村民都不许带他们的枪。

在这次严正声明后，为了让他们打起精神，我们把话题转向了酬劳。我们答应除了他们应得的工资外，我们会给他们付双倍于他们能把我们可能猎获的动物的皮毛卖掉的价钱，我们还提出对于第一个把羚牛或熊猫指给我们看的猎手，不论是否在我们的射程以内，我们都会以廉价的望远镜相赠。

随后一共有9只猎狗被拉来——从我们面前走过，让我们看看是否可以。它们是一伙"杂牌军",中等个头、黑色带褐色条纹、长毛者占大多数。有一只狗又高又瘦,还有一只毛色黑白相间,这只狗让我想到一到傍晚它就会遇到危险,因为黑白毛色正是大熊猫的标志性毛色。所有的狗都已经急不可耐只等出发,这一会儿它们正相对狂吠。

那些人散去为出征准备路上吃的玉米面去了。我们安排好了明天一早就出发。

至此一切都让我们精神振奋,我们早早就上床,准备晚上美美睡一觉。我们这样想的时候,把我们的东家给忽略了。这个季节正是穆坪春季大扫除的季节,而春季大扫除是个带有宗教性质的仪式。因为完全清除灰尘明显是不可能的,所以他们至少试图祛除冬季的恶鬼。官方指定3个僧人骑马巡游,其中两个敲钹,第三个吟唱祈祷,他们挨家挨户各个角落巡游,不断重复,甚至连厨房以及灶神都要受到祭拜。那天晚上我是枕着钹声倒头入睡的。

房子里一片嗡嗡声,就像个蜜蜂窝,人们都在忙碌地做着出发前的准备。我们把我们的行装精减到不能再精减,除了食物和子弹以外,我们只带了铺盖卷,铺盖卷里面多塞了几件衣服。我们长途跋涉已经有3个月了,一路征程,我们的衣服都磨破了。克米特的帆布外套被火烧了个大洞,在巴扎里补了一块喇嘛用的亮黄色补丁。我们的胡须从脸颊横着长出,长得吓人。隋丹说克米特和我看起来好像藏在树丛里向外张望的野兽。我一直没有意识到这一点,直到有一天宣看见我读《圣经》,客气但惊讶地问我"你是基督徒吗?",我才恍然大悟。

这一天我们的情绪很好,我们的艰苦探索很快就要有个结果了。我们经过一个用石板砌成的小神龛,神龛里有一个雕刻粗糙的老虎木像,一个人双手倒立在老虎背上。我们问那是个什么神,我们被告知那是狩猎神。我们真心希望狩猎神能向我们的付出展示一下他的笑容。

很快道路越来越崎岖难行了,前面又是一个峡谷。峡谷两边高耸入云,令人目眩的高山上植被郁郁葱葱,岩石上披着的是蕨类植物。我大概数了一下不同的野花——蓝色的、白色的、淡紫色的和粉色的。其间最熟悉的要算紫罗兰色的了。缭绕的云雾中细小的瀑布从峭壁落下，下面是咆哮于巨石间的河水。虽然已经是大白天了，太阳还没有照到我们走的路上，风从水面刮来，又湿又冷。那景象如此荒凉、神秘，恍惚间我似乎听见了奔腾的河水里"女人为她的鬼魂恋人而悲号"。

我们走的小道通过的是一个绕着壁立的悬崖用树枝造的再窄不过了的栈道，栈道下面50英尺就是湍急的河流。据说只要没有人将树枝踩断掉进河里，这个栈道就绝不会被修补。

傍晚时分我们到了一个稍微平坦的地方，那里有个只有两户人家的村子。隋丹就将这里作为他的大本营，而克米特和我向南进到了山里。我们就在那里过夜。我们支起了帐篷，因为屋子里的小虫子太多、太脏，在里面根本无法待下去。有几处耕种的地块，两头骨瘦如柴的牛在山坡上吃草。这里的居民赖以为生的活计好像就是砍柴和养蜂。两家人的房子周围有用空树干做的数量不小的蜂箱，蜜蜂到处嗡嗡飞舞。

第二天早晨我们向河谷上游走去，与此同时隋丹和他的猎手助手们也向山里进发。在茂密的灌木丛里艰难行进了约一个小时后，我们来到一间用树枝靠山旁边建造的孤零零的小屋，小屋里一位老人正在用从山里砍伐的山毛榉木凿造木头勺子。他告诉我们，就在几小时前他在树林里转悠，看见了一群猴子。我们知道不论那些猴子是何种属，它们肯定是十分珍稀的，不然就是尚不为人所知的品种。或许那些猴子就是金丝猴。

我们派雇工带着行装先行，我们带着我们的两个克什米尔随从和两个当地人进了树林。树林里的矮生灌木十分茂密，藤蔓植物与枯死的乔木错综纠缠。山坡很陡。我们很快就到了一片竹海，在那里从枯叶上掉落的灰土呛得人喘不过气来。我们跌跌撞撞艰难行进了一个多小时，什么也没有看到。然后我们又到了一道剃刀刃一样锋利的山脊，我们顺山脊而下，不时透过密不透光的树枝叶向两边看看。

第七章　佩尔·大卫之城

这次探索似乎要无功而返了，就在这时一个当地人突然指着树梢激动地大喊起来。我们什么也没有看见，但还是低一脚高一脚往前跑。克米特跑在最前面。当我的目光捕捉到右手树枝间有东西在移动时，我停住了脚步，稍一定睛便瞥见那里有一个黄色的东西。灌木丛高齐脖颈，根本无法卧姿射击，于是我就端起我的来复枪顺手开了一枪。我很走运，那只猴子掉落下来，掉落中把树枝都咔嚓咔嚓砸断了。那是一只犬猿（dog ape），灰黄色的长鬃毛长及背部，腹部的毛呈亮丽的橘红色。它的个头有8岁孩子那么大。不一会儿树上又来了一只，我开了两枪把它打下来了。这时克米特就在我的前头开枪射击，那一刻听起来好像有一场迷你战斗在进行，枪声此起彼伏，都向敏捷地穿行于树冠间的若隐若现的动物射击。

我们数了一下我们的猎获，发现收获不小，一共有9只，都是可以制成标本陈列于博物馆的漂亮动物。更可喜的是它们是金丝猴，这几只金丝猴可以成为世界上任何一家博物馆唯一的完整收藏品。

在狩猎的当儿，我们听见在我们的下面也有枪声，这让我们很不爽，我们事先已经要所有当地的猎手把他们的枪留下不要带。我们回到下方的原路，发现还有3个猎手带着他们的枪。他们整整开了12枪，打中了一只猴子，抓住了一只刚生下来的小猴。我们把他们教训了一顿，告诉他们和我们在一起的时候不许他们开枪。我们试图将那只小猴养着，但它实在太小，不到24个小时就死了。

我们带着猎获的动物顺河谷而上数英里，在一个有点平坦的地方扎下营来。除了铺盖卷以外，我们只有一顶小帐篷，我们能做的就是紧挨着睡下。当地人在一块大石头旁边用树枝给他们自己搭了个棚子睡觉。

第一天的猎获使我们大受鼓舞，那里的山野就如我们所期望的那样荒蛮遥远，我们所处的河谷两边都是被茂密的树林覆盖的高山，山顶是白皑皑的雪峰，让我们颇感担心的是那里的丛林似乎太过茂密。

我们将猴子的皮剥了下来，剥皮对我而言远不如克米特熟练。尽管我们的克什米尔随从不愿意吃猴子肉，但那些猎手们却喜欢，于是我们就把猴子肉全给了猎手们。我们的晚饭是宣做的。我们的一个厨师跟随杰克·杨离开了，另一个厨师跟隋丹走了，宣毛遂自荐为我们做饭。就现有的情况而论，我们吃得真不错——满满的一盘米饭和豆子，加上一些烧得太过而变硬的鸡肉。随着探险路程加长，宣的厨艺也越来越好了。作为一个翻译，他的价值也在增长，我们能够听懂他认为他说的那种英语了。他很健壮，像一棵高大的山核桃树，长途跋涉一整天也不显得疲惫。一天跋涉结束，他会捡起任何手头的活儿干起来，活计殊异却毫不手生，多才多艺令人惊叹；他可以从容地和我们一起做县长的客人，事后又给我们做饭，是我们的厨师。

这天晚上我们一吃完饭就派人去找猎手们的头儿和猎手们。他们到了，就围在营火旁蹲下。在摇曳不定的火光里，身裹破衣烂衫的猎手们看起来活像一群野人。这时的宣放下了他的厨师身份，重新履行他的翻译职责，通过他我们开始讨论第二天的狩猎计划。我们希望如果可行我们不再使用猎狗。这样的讨论拖得很长。克米特说："宣，问问他们是否可以不用猎狗打猎。"宣会向那些汉人寻求答案，随后便是长达10多分钟的激烈争论。所有的人都同时说话，声音越来越高，越来越刺耳，要想让他们停下来简直就像用一道土坝截住暴涨的密西西比河一样困难。争吵最终结束了，这时我们会专心于听取他们的解释。宣说："汉人说不行。"经过一个多小时的争论得出的最后的结果是，我们向不同方向出发打猎，猎狗还是留在营地。

我们都有同样的感觉，如果我们碰上一只熊猫，那会是仅有的一次，所以我们决定，如果我们一起狩猎，我们应当放弃在可能情况下同时开枪，然后对比是谁打中了第一枪的旧习俗。如果上帝恩赐，我们要在遇见第一只熊猫时做完全的合伙人。

第二天我们很早就出发了，我的这一组由焕领路，他10年前打过一只熊猫。在河谷里下行两英里后我们转向山里走去，我即刻发现我们进入了我从未见过的茂密莽林。那是一片竹林，竹子有6～8英尺高，夹杂以铁杉和山毛榉。山坡有45度，我们不得不手和膝盖并用才能往上爬，爬不了几步就有倒下的树木挡住去路，从干枯的竹叶上掉落的尘土钻进我们的肺里和眼睛里，树干和藤蔓交织在一起，那些像章鱼触角一样的藤条缠绕在我们身上，我们竭力从其间穿过，不时被绊倒。我们大汗淋漓，连同尘土一起在脸上结成了痂。20步开外什么都看不见。

很快我们就发现了熊猫的踪迹。那是一个很久以前的脚印，但它说明那家伙到过这里。然后我们来到了冰雪覆盖的地方，在那里我们发现了羚牛踩出的路。

我们继续艰难跋涉。一路上我们发现不少鹿留下的粪便，还看见很久以前留在地上的一对鬣羚角。我们无法悄无声息地前进，穿过茂密的丛林弄出的声音好像一支骑兵团在麦田里冲锋一样。只要不用手摸得着，我们什么也看不见，而任何一种动物在几百码外的地方就能听见我们。我们的猎手头儿不时会爬上树梢，从那里察看竹林上部的动静。我想象不到他那样做想要干什么，因为在高高的草丛上面任何比大象或犀牛小的动物都看不见。我一直在想，我正被引到一块空地去，在那里连一个趴着不动的射手都会有机会看见并悄悄接近一只猎物。

我们就这样在山林里又艰难跋涉了两个小时，我意识到按照这样的方式狩猎，我们可能在丛林里浪费一天的大部分时间，于是我向大家做手势，叫大家不要单列前进，而是向两边散开来。我想如果他们散开来的话，有可能惊动一些动物向我这儿跑。

已是中午，太阳正在我们头顶。我们已经一刻不停地行进了6个小时。从一大早到现在，我们没有看见哪儿有水，而我从早饭以后一口水都没得喝。我口干舌燥，只有偶尔抓一把雪解解渴，几乎不顶事儿。我们爬得越来越高，直到最后我瞧见头顶上方有一片开阔的草地。

现在已经是下午3点了，这时当地猎手们向我示意到了该回营地的时间了，我告诉他们我想到上面那片草地去，他们比画着抗议说如果那样就赶不回来了。但是我还是坚持要去。那是一整天来让我终于可以纵览一切的第一个地方。我们奋力前进，在快到下午4点时赶到了那里。到了那里我大失所望，因为我在那里看不到任何动物，尽管我仔细地到处搜寻了一番，就连动物的脚印都没有发现。我心灰意冷地回到营地。那条路是我走过的最难走的路。我们最终下了那面山坡，到了一条小河被巨石堵塞又被冰封住的河床。我穿了一双绉绸胶底鞋，走路很软，每走一步都要打滑，两三步就跌一跤。我们尽量赶路，天还是很快就黑了。我的克什米尔猎人已经崩溃了，他早就把我的来复枪让一位当地猎手替他扛着，那个猎手拿着枪把，枪管朝下。

月已东升，我看见营火在远处闪光。在我所见过的景象中，没有一样能像眼前这种景象一样诱人。这一天的狩猎是我一生中最艰难的一次。克米特比我早到营地，他今天的经历与我差不多。我们俩都认为，在那样的环境里静卧式狩猎是不可能的，明天再去，我们一定要带上猎狗。

第二天早上，我们带着所有的狗和当地猎手们一起出发。我们去的地方与我们前一天到过的地方只是在位置上有所不同。每个猎手都拉着自己的猎犬。为什么那些猎狗能生存下来，我无法解释。像犁被拖曳着划过田地一样，那些猎狗是被猎手们强拽着通过茂密的低矮树丛的。我敢肯定起码有两三次为了把狗的后腿从缠住的藤蔓中解脱出来，就在我的眼前，我差一点没把狗扯成两段。很快我们就发现不少熊猫的踪迹，但都是很久以前留下的。我们发现了一处熊猫用爪子在树干上抓的爪印，我们甚至还发现了熊猫在树洞里睡觉时留在树皮上的一些粗糙白毛。

猎狗这时也被放开四处找寻猎物去了，我们每时每刻都期望能听到它们发现动物踪迹的狂吠声，但是没有听到。我们只是偶尔听到一两声犬吠声，但那只是狗与狗咬仗的声音。我们一整天都在山坡上爬上爬下。因为我们的猎手曾经猎杀过的两只熊猫中，其中一只是在树上发现的，所以我们的助手们对每一棵树都进行了认真的察看，或许还有机会发现一棵大树能够粗壮到让熊猫爬上去呢。我们回到营地时已是黄昏时分。

我们都感到灰心，等他们吃过东西后，我们把当地猎手们召集到一起再一次开会商量。我们既然看到了熊猫新近留下的足印，我们想知道为什么猎狗们竟然没有找到一点踪迹。让我们大吃一惊的是，他们告诉我们猎狗不会追踪大熊猫。显然发现大熊猫的足印纯属偶然，要是熊猫感到危险，它就会爬到树上去。

这让我们十分沮丧，我们提了好多问题想问个究竟。焕提了个建议，他说10年前他猎杀的那只熊猫是他煮猪骨头时跑到他的营地的，因此他建议允许他去找些猪骨头来。当然这样的理论纯属无稽之谈，但一个当地猎手提出建议，只要没有害处，不给予鼓励总是不明智之举。我们说他可以去找些猪骨头来。

越商量越觉得我们出去打猎的那天不是个好日子——那一天正是狩猎神不喜欢的一天。我们发现狩猎神共有3位。赤身骑虎的狩猎神乌强也②是最重要的一位。位居其次的是高强塔瓦（Gao Chang Ta War），对这尊狩猎之神我们知之甚少。第三位其实不是神，而是个"去世很久"的半神半人。他的名字叫卢也汶（Lu Yih Wen），他是山神，就像西方的风神奥尔菲乌斯一样，他能呼唤动物使它们从藏匿的地方跑出来。

有一种担心，这些神对我们不大友好，于是就在雇工的住处附近建了一个临时神龛，并献上了一只鸡。我们说我们很乐意出那只鸡，或是一只小山羊或一只猪的钱，但我们被告知只有鸡能被接受。巧的是这些神都不是很浪费奢侈，至于鸡嘛，以神的名义杀了以后，会被狩猎神的崇拜者们享用的。

我们得知猎狗尽管不会追踪熊猫，倒是追踪羚牛的，于是我们就告诉我们的助手们把追踪羚牛作为第二天的主要目标。我们就这样于第二天和猎手、猎狗一起出发了。那天的情况仅仅是前几天的重复。我从未见过如此难以进入的丛林，我的相当结实的福克斯（Fox）牌帆布绑腿带都给扯得千疮百孔了。我们又发现了熊猫的踪迹，还有一次在一个小泥淖边发现了羚牛的足印。猎狗们对此毫无反应，这倒使我们迷惑不解。晚上我们又回到营地，疲惫不堪，又灰心丧气。隋丹送来一个条子，说他的情况也是一样。我们问当地的猎手们，为什么猎狗不去追踪羚牛呢？他们告诉我们猎狗只在"一大早和傍晚"才追踪羚牛。

猎狗的价值就在它们能追踪猎物，既然它们只在特定时间追踪猎物，那么第二天我们只好把它们和几乎所有当地猎手们统统留在营地，我们决定全天用守候的办法打猎。实际上那是不可能的，想按我们期望的那样去做是不可能的。我们曾经派受过我们培训的猎手穆卡·鲁姆（Mukta Loom）去看看附近一棵树上是否有什么情况，他尽量小心，结果还是弄出很大的声响来，更糟糕的是，即便我们是站在一个倒下的树干上，他走了有20码，我们就看不见他了。我们徒劳地爬到树梢以便看见周围情况，但我们没有在荒草地上发现任何动物的踪迹。我们用望远镜搜寻了周围，我们连动物的影子都没有看见。

克什米尔人建议就在那里扎营过夜，第二天一早再察看这里的情况。如果有动物来这片空地吃草，那就有机会了。要是没有动物来这里，那就足以得出结论，猎物根本就不离开丛林深处。两个猎手可是受过使用功能强大的双筒望远镜的训练的。

拖着疲惫的双腿回到营地时天已经很黑了，我们疲惫不堪，倒头便睡，睡得很死。

第二天克什米尔人回来说他们什么都没有看到，到这份上我们的希望降到最低点了。随后的两天多的时间里我们和当地猎手以及狗一起寻找大熊猫，可是每一天都重复着失望——无休止地奋力穿过茂密的丛林，看不到什么，也听不到什么，我们甚至觉得熊猫比任何其他活着的动物更像早已灭绝了的"蛇鲨"（snark）。去找猪骨头的那个猎手带着骨头回来了，煮那些骨头可是一项庄重的仪式，当然也没有什么结果。我们最终都认为，再这样待下去纯粹是浪费时间，到彝族人居住的那个地方去情况可能会好一些，因为我们听说过那里有羚牛。

就在我们决意要到彝族人居住的那个地方去的时候，我们又一次将猎手头儿和猎手们召集到一起，我们的目的是想听一听在附近还有没有另外的地方好让我们至少有个机会练练手吧，但是经过仔细询问，仍然一无所获。这一地区到处都一样，在13个当地专业猎手中间只有3个人猎杀过熊猫，其余的猎手压根儿就没见过熊猫，他们甚至也没有听说有人打死过熊猫。更令我们恍然大悟的是——这一点一直没有向我们透露——只有在冬天的时候才能猎获羚牛，原因是厚厚的积雪让追上羚牛成为可能。

我认为穆坪的大熊猫不会很少，我们曾经狩猎的那个河谷就有四五只熊猫，鉴于熊猫的习性和当地的自然环境，发现并有机会开枪射击熊猫的人必须凭借万分之一的运气。

这并不意味着不应该到那里去碰碰运气，第一天就打到一只，当然他也许会在那里经年寻寻觅觅最终连一只都看不到。如果有一群训练有素的熊犬（bear-hound）猎获熊猫自然是可能的，但是我们看到的以及听到的狗没有一只有那样的能力，那样的狗必须从美国带到这里才行。

我个人认为熊猫不是熊，它不会在穆坪冬眠，冬眠的是黑熊，所有当地人的证词大体都说明了这一点，我们的观察也证实了他们的说法。我们打猎的时候正值熊冬眠的时候。我们至少有3次看见熊猫的足印，那些足印就是在几小时前留下的，除此之外我们还看到过大量几天到几个月前留下的脚印。熊猫在其他地方会冬眠，这个可能性是有的，但我认为可能性极小。我想一些作者就此做出错误判断的原因是他们询问的当地人自己把动物认错了。在打箭炉当地的猎手给了我们一张红色熊皮，他们说那就是熊猫。

汉族人把熊猫叫"白熊"（Bei Shung），也就是白色的熊，它就生活在陡峭山坡上的原始竹林里。我们没有从当地人那里得知，也没有根据现有的脚印得出结论肯定熊猫是否离开过竹林。熊猫的主要食物是竹子，因为不冬眠，熊猫不可能像有些人说的只吃嫩竹子。我们查看过的熊猫粪便数量不小，都呈椭圆形，长4~7英寸，厚2~3英寸。根据我们观察，粪便是由大部分尚未消化的竹叶和竹子茎秆构成的。那只熊猫在树洞里或者倒伏的竹丛里睡觉，很显然像狗一样进去后转过身来睡觉，所以竹子茎秆被弯折成窝的样子。我们发现类似这样的地方还不少，树、竹子枝丫上有熊猫的毛发。像我以前说过的一样，熊猫和熊一样喜欢推倒树木，用爪子在树上留下抓痕以显示自己的强壮。当地人也证实熊猫会爬树。当地人还说除非是母亲带着熊崽或是春天里发情的公熊和母熊在一起待那么几天，不然熊猫一般都单独活动、觅食。有人说春天的熊猫会吼叫，可是我们一点也没有听到过。

关于熊猫就说这么多吧。很遗憾我们却离它而去，到别的地方寻找熊猫去了。但愿命运会赐给我们机会，让我们在绝望前展示一下我们的能耐。一旦下定了决心，我们就立刻行动，我们期望尽快赶到彝族人的那个地方。我们派人给隋丹捎个话，告诉他我们的打算，并安排第二天一早就拔营启程，加快速度赶到"Luchinsha"。

我们从早到晚尽全力打了6天猎。算上我们那位受过训练的克什米尔猎手"shikaris"，一共有14个当地猎手和我们一起。在整个搜寻过程中没有哪一个人看到过任何一只野生动物。一个送信人从雅州给我们带来了电报，那是3个月来第一次收到的家人信息，这也让我们的失望之感稍有减轻。即便如此，失望还是很折磨人的。解码一封越过中国边境的英文电报多亏了卡夫军士（Sergeant Cuff）和勒克莱尔（Le Clere）两人的合作。下面是我这一次收到的电报原文：

"State Chenry Stimson Treasury melmon wsa assd justice william Mitchell mines sota pestmaster Welter browa navy Charles francis Adsmo Massachus Ctts interior ray Wilbur agriculture Cyde Missouri Lalar davis Commecr nnawnon Ced."

译文如下："国务卿 亨利·史汀生（State Henry Stimson）财政部长 迈伦·沃（Treasury Mellon War）大法官 威廉·米切尔 明尼苏达（Good Justice William Mitchell Minnesota）邮政局长 华特·布朗（Postmaster Walter Brown）海军 查尔斯·弗朗西斯·亚当斯 马萨诸塞（Navy Charles Francis Adams Massachusetts）内务 雷·威尔伯（Interior Ray Wilbur）农业 海德 密苏里（Agriculture Hyde Missouri）劳工 戴维斯（Labor Davis）商务 未公布。"

那是一份胡佛总统的新内阁成员名单。

我们到达"Luchinsha"后发现杰克·杨正在等我们。我们事先已经派人告诉他让他带我们去雅州，我们还告诉猎手头儿，如果他能给我们找一些真正好的猎手，即便他没有帮我们找到羚牛或熊猫让我们开一枪，我们也会把那把手枪给他。我们花了一整个傍晚时间给猎手们付钱以及整理我们的行装。作为对我们给他的礼物的回报，猎手头儿给了我们他的人打死的两只熊猫中的一只熊猫的皮，还有一张羚牛皮，以及黑色的熊皮。

第二天一早我们又出发，按原路返回穆坪。8天前我们打这里经过，现在看到的变化大得惊人。那时我们顺河谷而上，春天还踌躇不前，而现在已是春花烂漫，树叶繁茂，田野里小虫嘤嘤，蝴蝶在花丛间翩翩起舞，几天前还看不出花的影儿，才过几天花儿就奇迹般地竞相怒放。我们穿的厚毛衣成了累赘，我们渴望马上穿上留在雅州箱子里的凉爽的短裤。

我们到达穆坪时，友好的小个子县长又来看我们。我们不在穆坪的那些天里，县长派人给各个村里的村长传话叫他们给我们收集熊猫皮，结果我们就得到了两张熊猫皮，一张是10年前打的，另一张是两年前打的。

第二天早上我们离开木里③，来到旧政府时期的一座寺庙，我上次经过的时候就注意到了这个寺院。我在寺庙里游览，看见在一个角落里有两尊精美的木雕神像。我当时想或许我可以把那两尊神像买下，反正那些神像看似无人祭献。我把宣叫来告诉他我的想法。他即刻一脸严肃，随即把马帮的头儿叫来。马帮的头儿就是焕，也就是我们以前的猎人助手。他们两人在墙角嘀咕了许久，然后一同去找喇嘛了。他们很快就回来了，低声对我说我要出3美元就能得到那两尊神像。我照付了3美元。然后他们就像做贼一样小心翼翼地将神像装进一个篮子里，接着焕将蓝布上衣脱掉，用它将篮子包好，这样就没有人能看得见了。我问宣为什么要这样，他神秘兮兮地回答说："或许是为了避免麻烦吧。"当然不会有麻烦。当我们的克什米尔用人看见那些神像的时候，他们也表现出了很大兴趣，他们称那些神像"卡里布特尼斯"，意思是"黑色女魔头"。

克什米尔人对别的民族永远有一种很有趣的观点。作为伊斯兰教徒，他们对猪肉"谈肉色变"。有一次他们悄悄对我说你不能指望一个印度教国家，比如吃猪肉的汉人，能有所作为。在这次远征初期，他们就询问过关于"Jori Sahib ka Kahwah"的事，翻译过来就是"绅士乔治的咖啡"。过了好久以后我们才意识到他们问的是乔治·华盛顿咖啡④。

第二天我们来到一座很大的建筑，那座建筑叫地狱庙，那里展示的是罪人受酷刑的情景。起初我对那里嗡嗡的蜜蜂声感到不解，突然间我看见那些小昆虫就从塑像外面的泥土层打洞钻进去，在里面填充的干草里建造蜂窝。这座庙里的汉人不会像参孙（Samson）那样在狮子的干尸里，而是在神像的肚子里发现蜂蜜。我注意到大多数塑像的嘴上都涂抹了某种黑色的东西，所以看起来像围着蜜糖罐子的孩子。我问我身旁的宣，那些黑乎乎的东西是什么，他说那是鸦片。大烟鬼情愿给神祇应得的份额。

另一件让我迷惑不解的事是那里许多神像破烂的程度，缺胳膊少腿的，活像孩子的玩偶。当宣被问及此事时，他的眼睛一眨一眨，说道："人向神祈求什么东西，杀死孩子献给神，神不愿意给，就把神的胳膊折断了。"

在我们那天出征穿过的地方，土匪与地方军队曾经发生过激烈的战斗，战斗没有什么结果，几座山城仍然被匪帮们占据着。所有城里显眼的地方都贴着告示，告示上都写着关于处理抢匪的事。我叫人给我翻译了一份，我得到的就是这样一份中国的告示："所有被证实是土匪的人不用经过审判就要被砍头。"杰克·杨在来的路上经停雅州，有两次看见土匪被处决。情况令人感到伤心，因为与此同时，也有3个年龄在16～19岁的中学生被枪决，原因是他们发表演说，反对地方军队以预收税款为幌子勒索钱财。

在穿过这个无人区的路上，我一直走在大队人马前头，远处的山里传来两声枪响，雇工们惊慌失措得像受惊的野牛一样跑来找我。他们背负70多磅的重物还能在崎岖不平的小道上健步如飞，真令人惊叹。小路引着我们穿过一道美丽的峡谷，就在下面的河里我看见有鸬鹚在捕鱼。就在我们到达平坦处之前，一个猎手看见5头青羊正在旁边的山顶上吃草。我们用望远镜观察了好久，它们是一群小动物，不值得浪费一天时间停下来去追踪它们。

那天晚上我们到达了芦山（Lushan），突然间我们从无人居住的荒野来到了中国最早有人居住的地方之一。远在近海地区被人类征服之前，这个国家就在四川东部建立，在中国的骑士时代，即三国时代，四川的地位十分重要，是汉朝的最后一个据点。四川哺育了关普（Kuan Pu）⑤将军，据我所知，他是中国唯一一位被奉为神明的将士。一路上我们看见不少关帝庙，关羽总是挥舞大刀，还有一个与他有关的传说，就是他在一次征讨中，领兵在此停留，造炉打箭，于是就有了打箭炉这个地名。

芦山是一座古城，城墙上长满了苔藓。据说城墙是汉代修建的，明代修葺。这座城的作用依然如故，我们得知就在前不久，这座城成功地阻止了土匪的袭扰。城里的道路尚在，只是经无数次车碾脚踩，已经辙印纵横，残破不全。城外有一石碑，碑文显示为汉代人所立。

第二天天气暖和、阳光明媚，乡村的景象与我儿时对中国的想象一般无二。河谷以及山坡都是耕种的田地，田地里的庄稼颜色各异，河里灌溉用的巨大木水车缓慢地转动着，果树上繁花似锦，路边淡紫色的兰花十分妩媚。一路前行我们经过几处为纪念目的而建的红色砂石拱门或石碑，个个雕刻精美。即使在小小的农家村落里，家家户户大门两旁都有作为装饰的精美石雕。而作为这美景的点睛之作是远处造型优雅的白塔的剪影。

河流到此变得开阔起来，从一条咆哮的山涧变成多条幽深而平静的河流，河上有竹筏和舢板。我们沿河行进，最后乘一条厚木板平底船渡河，船上载满了运茶的苦力、兵士、农夫和对我们十分友好的小商人。过河前进了几里就到了我们要去的雅州。我们沿宽阔平整的石子街道走去，穿过我们所见到的最活跃的市场，最后找到了浸礼会传教团驻地和医院，克鲁克（Crook）和他的助理们给了我们最热情的欢迎。邮件和热水澡在等着我们，对于在陌生地方的旅行者来说，二者的结合几乎就是基督教赞歌里所唱的"完美的赐福"。

注释：

① 疑为宣（Hsuen）。——译者注
② 音译Uru Chang Yeh。——译者注
③ 疑原文有误，应为穆坪。——编者注
④ 意即速溶咖啡。——编者注
⑤ 此处应为关羽（Kuan Yu）。——译者注

第八章 "高了！低了！开枪！命中！"

（克米特·罗斯福）

雅州被证实是我自从我们离开缅甸以后所见到的最好、最大的巴扎。浸礼会传教团的洛夫格林先生（Mr. Lovegreen）虽然现在已经是嘉定①（Jiating）的一个居民，他曾经在这里的传教团工作了许多年，他很友好地主动带我到处看看。不论我们走到哪里都能碰见他以前的熟人。我们先买了一些厨具和两盏迭兹（Dietz）牌马灯。我们原先的马灯被人偷去了。由纽约制造商生产的迭兹牌马灯在整个东方到处可见，在偏远的地方更是如此。迭兹马灯让我有了家的感觉，几乎与葡萄牙语里的"saudade da terra"（念家乡）意思一模一样。

沿街有不少商店，那里烧制鸦片，空气里弥漫着那种刺鼻的、闻后不会忘记的气味。据说做这种生意的男人，由于长期吸入大烟烟雾，实际上成了受害最深的烟鬼。

在一家杂货店里，我偶然发现了两瓶爬满苍蝇的法国葡萄汽酒。那些是城里仅有的两瓶酒。它们到底是如何从某个海港城市一级级翻越崇山峻岭来到这里的，时至今日仍然是个谜。我们当然很欣赏它们能出现在这里。

众所周知，汉人是不可救药的赌徒，只要到任何一个城镇随便走走，你都会看见总有人赌兴正酣。在丽江有一个老头把赌桌设在一座桥上，桌子上铺一块布，布上印着一套多米诺骨牌图样，如果谁想玩（赌一把），就把一枚硬币放在他选择的多米诺骨牌图样上，那个老头就将3个骰子放到一个小罐里摇。如果骰子上的3个数字之和与被选多米诺图样上的数字相同，赌徒就赢得与那个数字相等的钱。我在擦罗（Tsalo）看到的掷色子的方式很像我们家乡的方式；这里的玩家喊叫着让骰子上的数字是自己所要的数字的那种急切，与佐治亚州的黑人玩家一般无二。

多米诺十分流行，有时能看到用水牛角做的骨牌，有的甚至是用象牙做的，更常见的是用涂了琉璃的胶木做的。玩多米诺多数是为了赢钱。打麻将也相当普遍。我第一次看见打麻将是在大理府，随后在其他许多城镇都看见过。通常在旧货商货物里就能看到零散的麻将牌。象棋是我见到的唯一没有钞票过手的消遣游戏，你不会常在街上看见有人下棋，但在打箭炉、穆坪和雅州我倒是见过激烈的象棋比赛。就在雅州我弄到了一副旧象牙象棋，棋子是圆形的，棋子的名称就刻在棋子上。

在雅州我们把我们自己的藏书留给了传教团的朋友，这些书包括《瓦尔登湖》(The Walden)、《简·爱》(Jane Eyre)、《白色同伙》(The White Company)，以及《远大前程》——不伦不类的组合，但整体上还算有些代表性。我们的阅读在性质上有很大差异，正因为如此，每本书都有自己特定的文学地位。除极个别书籍以外，我们只随身带了在每个万有文库里都会有的书籍，或者书的体积不是很大的书籍。但《沙漠里的反抗》(Revolt in the Desert)是个例外。我们已经读过或者说重读过这本书后，我们发现这本书的最好归宿应该是汉纳博士（Doctor Hanna）。我们有一本道迪（Doughty）的简装全一册版《阿拉伯沙漠》(Arabia Deserta)，比我们期望的要大，但还不算太费事。我们既有熟读关于阿拉伯世界的大量书籍的积累，我们还有一本伯顿的《去麦地那和麦加朝圣》(Pilgrimage To Medina and Mecca)。后一本的简介被认为是由史丹利·莱恩·普乐（Stanley Lane Poole）写的，我倒对他的疏忽感到不解，很明显他在接受那个任务前应该整理一下自己的记忆，那样的话他会做得更好。在提到伯顿对朝圣途中某些冒险经历的解释时，他将其判定为不可能的事，他肯定地说伯顿从来不携带枪支。在两册书里从头至尾都有不少地方提到两把很具体的手枪，那时的朝圣者晚上睡觉往往是把手枪压在枕头底下的！

在我们读过后留下的其他书籍里还有《傲慢与偏见》(*Pride and Prejudice*)、《理智与情感》(*Sense and Sensibility*)、《月亮宝石》(*The Moonstone*)、《绿色庄园》(*Green Mansions*)、《奥姆》(*Omoo*)，以及《老古玩店》(*The Old Curiosity Shop*)。我自己的那本两册装古伯察的《蒙古游记》(*Voyage dans la Tartarie*)是我的老朋友了，读后实在舍不得扔。我们留下来的书籍都只是为了这次探险而购买的。

我们对在雅州停留的时间如此短暂而感到遗憾，但是如果我们要赶在雨季到来之前到达印度支那狩猎大型动物的话，每一天都不能耽搁。我们现在所处的海拔已经较低了，春季已经有一段时间了。在路两边是我们所熟悉的层层梯田，水牛在齐肚深的水里耕地，孤零零的一小丛香蕉树给这里平添了一抹热带色调。长长的苦力行列从我们身边经过，他们每个人肩上都扛着沉重的牡鹿角。鹿角都是从西藏经打箭炉来的，有一些鹿角显然是别人扔掉后他们捡来的，还有一些是连头骨一起砍下来的。汉人把鹿茸看作是很珍贵的药材。

我们的第一段行进结束时已经过了晚上7点，原因是我们出发得太晚，这也是因为与以前一样，凡经过一个比较大的城镇，就要逗留较长时间的缘故，如果要更换马队，那逗留的时间就要翻倍。多亏泰德负责了那部分耗费体力的工作和克鲁克博士(Doctor Crook)的高效工作，我们最终还是在30日就又启程了。

第二天宣骄傲地拿来一只鸟笼，里面有两只鸟，他说那鸟在早晨唱得太美了，还可以用歌声唤我们起床，于是他就买下了。这时的鸟儿默不作声，宣便拿起鸟笼摇晃了几下，似乎意识到我们期望它们做什么，鸟儿们开始引吭高歌。

我们一路经过了不少路边神社，也注意到徒步旅行者也不忘记在神社前叩头膜拜，嘴里念念有词。那里的男神和女神都是新近才重塑的，有的彩衣全部重新绘制，面前摆着谷物贡品，显然雨季让这些都拖后了。因为同样的原因，在雅州时我们也没有买到吃的肉，据说在等待完成这些心愿的时候在肉店买肉被认为会走霉运。

我们途经坐落在河边的繁忙城镇荥经（Jungking）。城近郊的几处铁矿使这座城获得重要地位，也解释了为什么那里有那么多的炼铁炉以及铸造粗糙的铸铁锅和其他铁制用具。城里的主街道到处是商家和买家，而古老的庙宇印证着这座城的古老历史。

祈雨的人们得到了回应，雨下了一整夜，到4月1日早晨我们出发向海拔10,000英尺的山口进发时，雨还在不停地下。四个半小时后我们登上山顶，雨在这里变成类似苏格兰的浓雾，浓得几码以外什么东西都看不见了。我们走的路上积满了雪，那些肩负沉重的茶叶担子到打箭炉去的脚夫们就在这样的恶劣天气里挣扎，我们一路经过的路边简陋的小车马店里挤满了这样的脚夫。

从山顶再往下走，我们看见停在一家小旅店门前的两个轿子，只有一个轿子里有人坐，坐轿子的那个人明显很着急，但我们弄不清到底为什么。直到我们后来在清溪县（Tsingkihsien）县长家里遇见他，我们这才了解到原来坐在另一个轿子里的他的同伴就在刚才被土匪劫持走了。他们把他连同他的财物一起抬到他们在山里的藏身之处。这一切就发生在我们到达的几个小时前，我们也为此感到庆幸。我们没有收到土匪活跃的警告，我们只知道风雨兼程，没有做任何保护我们生命财产安全的准备。我们下山进城的路上遇到的、一直无法理解的问题现在有了答案。我们永远不知道那位十分不爽的"柴那门"②赎回他的朋友所得到的是什么样的成功喜悦。

曾经的清溪县肯定是个相当重要的县城，从山坡上远眺，县城很像城墙环绕的中世纪法国城堡。眼下的清溪县已经萎缩在它的城墙以内，即便是从陡峭的石头台阶穿过城中心的主街道，两边的许多商铺都空空如也，许多人家也是人去楼空。我们还算幸运，找到了一家较为干净的车马店，但最大的困难是无法找到一间离茅厕困扰远一点的房间。

宣伤心地给大家看那只里面有两只死小鸟的笼子。在穿过山口时遇到的严寒和冰雪对于这样弱小的鸣唱者来说太过严酷了。

从雅州到打箭炉的大路从这里分道，直向北去，而我们则继续向南进发。从这里往后我们再没有碰到过运茶的脚夫，但一路上尽是劳作者和商贩。自从离开雅州后我们碰到过不少身材轻巧的彝族猎狗，一个人用狗链拉着十几条猎狗。我们注意到狗群里没有母狗，但我们无法得知这是否是因为彝族人只卖公狗，这样的话，狗市场就会一直存在下去。一位狗主人告诉我们他要将他的一群狗卖到成都去，成都是四川省的省会。他的狗有一半看起来离成熟还有一半时间，但他向我们保证说它们已经经过很好的狩猎训练了。

门廊和牌坊通常是为纪念有重要影响的人物而建的，有的建造得很是漂亮，但我们那天清晨通过的牌坊的精美程度远在我所见过的牌坊之上。我说不上它有多古老，但它的年龄无疑超过一百岁大关，岁月已经磨掉了石头棱角。这个石牌坊已经经过精心的修缮，造型优雅的石柱上的浮雕生动地描绘着田园风光与英武战事交相辉映的传说与历史。

罂粟田地里色彩缤纷，有的纯白，有的深紫，有的鲜红，还有一些粉白相间。罂粟地从大路两边伸向远方，在阳光下生机勃勃，此刻很难想象得到在这样美丽的外表下却隐藏着那样的邪恶。罂粟占据了原本是玉米和大豆繁茂的田地，由于粮食作物不足造成饥荒。如今即使在最好的年景里，罂粟都会给人们带来说不尽的贫穷和苦难。克鲁克博士告诉我们许多大烟鬼找他寻求帮助，他们都必须经受严酷但必要的治疗。在我参观他的医院的时候，我听见过一个精神失常了的烟鬼的咆哮。克鲁克博士对于治疗效果能保持持久的百分比做出大概的猜测表现出很大的迟疑。

4月2日那天，我们到达富林（Fulin）。富林是个繁忙的商业城镇，但脏、乱、臭远大于它的商贸声望。我们住的那家车马店更是脏臭无比。我们在八莫给我们的猎手买了便宜的欧洲风格的马鞍，但我们后来发现，不管是骑手骑马的姿势还是马鞍的结构形式，都对马背造成严重伤害。现在那副马鞍有了好用场，我们把它送给了负责这座城镇的地方军军官，我们也希望从他那里获得有关的建议和帮助，因为我们从这里开始要离开大路，转向铜河（Tung River）③上游，向离这里两天路程远的紫打地（Tzetati）④进发。

尽管我们做了所有要做的准备，雅州的赶骡人以及我们安排替补的人最终还是因为吸食大烟，使我们一早出发的打算变成了一件极其困难和拖拉的事。面对我们的训斥，他们希望以后在离城镇12英里的地方停歇，这样就会躲开因出发迟缓而受罚，不过这样的话原本到紫打地两天的路程就多了一天，变成了3天。我们强迫他们继续前进，在天黑后冒雨赶到一座小茅屋。真正的雨季到5月才开始，但我们碰见大量游方修伞人。这些小贩带着不少不能用的雨伞在乡间游走，或给无伞的人修一把，或是给有伞的人修伞。他们的生意挺好，因为中国人对伞的使用很讲究，伞似乎是他们配置的一部分，这一点倒和伦敦的商人有点相似。

第二天我们跋涉了25英里到达了紫打地。我们雇的赶骡人习惯了前人走过的老路，对于洛桑和阿九认为是坦途的路却倍感艰难。这里的河谷早已被开发耕种，因为这里养蚕的作用很大，所有河谷里有不少桑树园子。那里的番石榴树不计其数，远远望去，它们白色和黄色的花瓣铺满了田野，咀嚼槟榔者的用具就是用番石榴树结的果实的果核做成的。

紫打地的头人应该能为我们提供关于他管辖地方的信息，因为他不是按通常情况来自该省的偏远地区，他代表的是出生在这个城镇里的第四代人。但事实证明他对这座城镇的了解实在太少，他能告诉我们的只有：如果要打到羚牛可能要到擦罗去。擦罗是个汉人聚居的小城，坐落在彝族人地区的边界上。他还告诉我们，通向那里的道路因为那里居民不可捉摸的脾性，在多年前就被关闭禁止通行了。他从未听人说过大熊猫的事，而且十分肯定他管辖的地区根本就没有熊猫。

我们决定分头行动，泰德和我一起进入彝族地区，到那里去看看是否可以碰上熊猫或羚牛，而隋丹和杰克抄近路走大道到宁远，我们决定于本月16日在那里会合，这样就给卡汀4~5天时间在据报道说是个动物特别多的好狩猎场打猎的机会。

就在我们忙着分装行李设备的时候，隋丹从他的铺盖里抽出一只我们在打箭炉买的像香肠一样的细长藏式钱袋。那只钱袋子散发着牦牛油的恶臭气味，卡汀说他很高兴那个钱袋子不再在他的铺盖卷里了，他当然是指牦牛油的恶臭味道。听到卡汀的话，站在一旁的宣立即义愤填膺捍卫他的祖国，反击道："多好的气味啊，好得和我的兄弟一样！"

我们第一天的行程该把我们带到擦罗去，但在路上我们在永昌中的奇怪的毒重新发作了，我们不得不停下来，结果那天只到了一个坐落在新场（Sinchang）的小茅屋。在这里我们欣喜地发现从富林来的两个法国传教士，他们是博卡特（Bocat）牧师和弗兰特兹（Flahntez）牧师。博卡特牧师在中国已经生活了18年，弗兰特兹新近才到中国。他们这次来是视察居住在这里的当地天主教信徒们。

我们随身带了一个本尼迪克汀牌暖水壶，我们常用它和当地的头人一起喝热水拉关系。在这个地方与这些法国传教士一起分享壶里的热水，让他们回想起自己在遥远的法兰西度过的夜晚，的确是一件很惬意的事。这些传教士来到这偏远的地方是为了奉献终生，他们决定来这里时就声明放弃返回家园的念头了。

他们两人给我们描绘的彝族地区的图画是令人沮丧的，他们说那地方饱受侵扰，他们从来没有到过那里，他们不认为那里是个安全的地方。他们的一个汉族传教士就在数个月前被劫匪绑走了，劫持就发生在我们曾经要去的那个地区的边界上，营救那位传教士可是经过了老大的困难和谈判。我们答应他们我们进入那个地区前一定做好各种防备。他们就大熊猫没有给我们说任何能让我们感到鼓舞的话，我们中间有人失望地援引前人的话说：

> 人们都说，直到永远不会有的那一天，
> 骗子克鲁克和他的心上人回来而头颅依然在肩。

我们还没有走多远，我们的一头骡子就踩空从山坡滚下去了，幸运的是它被茂密的灌木丛卡住了，没有造成更大的伤害，半小时后我们又把它弄回来重新上路了。通过当地的无线电台我们得知隋丹的马队也遭遇了相似的事故，但运气要差得多，一头骡子滚落到山下的河里去了。骡子是摔死了，但驮子还是被抢救回来了。经过这一段行程，我发现当地无线电的效果很差，我们常常了解不到我所关心的非洲或美索不达米亚的人和事，而美国南方的黑人都能通过那种尚不为大众所了解的方式比住在大房子里的他们的主人⑤更早了解到那里的反叛战争（the War of the Rebellion）的结果。

> 荆棘丛刮来的风给他带来消息
> 那消息从不借助白人传递
> 即是葡萄蔓的低语都快速无比
> 快似骏马一跃跳过一座墓地，
> 在那封信能告知主子以前，
> 兔子早就告诉奴隶们末日降临的日期。⑥

我们经过几处彝族人住的茅屋，在一户人家里挑选了一位相貌堂堂的彝族汉子，他的名字叫穆卡（Mooka），我们叫他给我们当向导。他是个农奴，我们必须要征得他的主人的同意。奴隶制在彝族人中间还很强盛，但这里主人和用人之间的关系却不是我们能联想到的那种关系。这里主人和用人之间的关系是友好的同伴关系，时常能看到主人和用人用同一个碗吃饭，用同一个杯子喝水。

我们在一个村子里打听情况时遇到相当冷漠的接待，在我们问及猎物时，我们非但没有得到回答，反而被勒令说出驮子里装的是什么、我们有多少杆枪。

这个汉人边塞小镇擦罗坐落在一个土地肥沃的河谷，周围是玉米、小麦和罂粟田地。头人正在自家罂粟地里收割罂粟，他本人明显是个大烟鬼。虽然他说他知道在离这儿一天路程远的彝族地区周围的一个村子里发现过羚牛，但他对我们要去的前面的地区知之甚少，至于熊猫他根本就没有什么可以告诉我们的。

我们运气不佳，没有选好住处。我们刚钻入被窝就听见好几个病人的呻吟声。宣进来问我们有没有治疗天花的药物，他解释说村子里闹传染病，就在另一间也是唯一的一间房子里有一位妇人，她已经失去了一个孩子，现在正哺育她生病的婴儿。听一个生病的孩子诉苦却无法提供帮助真是一件令人悲伤的事。有时无论哪样的旅人，只要遇到求助却无能为力，他会给求助者一种无害但也无效的药片，目的是给求助者一种虚妄的幻觉从而给予心理上的舒缓或安慰，但对于一个命在旦夕的婴儿，这样做实属残忍。隔壁那间屋子里的妇人与我们只有一墙之隔，她在号啕大哭，伤心至极。从院子里飘进屋子里的气味无法用文字描述，更令泰德苦恼的是不干净的食物和饮水让他备受煎熬。

由于这一切，天一亮我们都急着要早早启程。那个汉人头头要我们给他留下字据，由我们自己为我们的远征负责任。我们很是担心，要是我们照他的话做了，他会不会以为我们随时都会成为别人的猎物。因此我们拒绝了。我们告诉他一方面我们不需要陪护人，但他可以派一个，如果他期望那样的话。结果十一个民兵出现了，其中两个陪我们走了五六英里路程后回去了，但留下来的被证明是一群能干的士兵，随时准备帮忙，一有杂活就马上去干。我们给每人每天15美分喝酒的钱。我们刚要启程，一个人拉了一头矮马要卖给我们。那是一头赤褐色矮马，

4岁，体格健壮。我们花了9美元将马买下。

出发3小时后，不知疲倦的宣沿路询问有关猎物的消息，这时十分激动地跑了回来。他说就在昨天晚上，一个人来到我们刚才经过的一个人家借枪，说是要保护他的村子的养蜂箱不受"白熊"的侵扰。"白熊"是当地人给熊猫起的名字。看来一个月以前这只动物曾经造访过养蜂场，而他将熊猫打伤了。现在这只熊猫又回来了。没有借到枪，村民只得离开那里回到家里去了。自从离开穆坪后，由于得不到任何关于熊猫的信息，我们几乎对那里有熊猫的可能性绝望了，这一次当然要研究一下，在对报道认真核实后，我们对追踪熊猫做出了安排。

我们继续行进了两小时，来到有几户人家的一个地方。那个地方叫作公益马（Kooing Ma）。我们发现那个名字通常指几英里范围内散落的几间茅屋组成的松散村子。我们在这里与村子里的头儿取得了联系，用赠送一把斧子和一顶洪堡大檐帽，随后轻松愉快地喝一杯法国廊酒的办法化敌为友。我们最后决定把骡子就地留下，因为脚夫们只能步行穿过有熊猫的地方。10个村民被招来加入我们的行列，第二天一早与我们一起出发。

我们在擦罗招收了一个其貌不扬、表情阴郁的人。宣给我们解释说这个人是"哥们儿"。他的确属于精英群体里的一个亚种，这一类人在中国比比皆是，他们赖以生存的技能是做各种各样的交易的中间人。这位"哥们儿"是个彝族人，他生活在汉人群里，但有人怀疑他利用他的联络工作去做令人讨厌的奸细。在公益马，他全力以赴为我们收集各种消息，他给我们提供的第一条消息是彝族人把熊猫看成是超自然的神物，一种半神半物。这条消息对我们说来太令人受挫了，特别令人感到不爽的是他补充说他不相信招来的那些人会带领我们去打猎。他十分肯定地说，如果不是要保护自己的蜂箱，那些村民们自己都从未试图射杀过熊猫，即便是保护蜂箱，他们也只是把熊猫赶走，或最多打伤而已。

这种情况也不算太令人灰心丧气，我有与当地人打交道的经历，他们出于宗教信仰的缘故自己不去猎杀某些动物，但他们却很乐意帮助外国人猎杀它们。我们决定小心地对待处理这个问题，一定要避免碰触当地敏感的神经。

我们下榻的那间民房是很干净的，房子里满是装满粮食的大囤，囤子的边是用劈开的竹子做的，顶盖是用松木做的。可惜的是那样并没有防住下了一整夜的雨。凌晨三点半，一阵鸡叫把我们吵醒了，那只公鸡可能以为自己发现天亮了，对这样的大事可不能不予通报任其销声匿迹。它似乎与我们分享着那间小屋，所以泰德从他的被窝里爬出来，经过一番搜寻后，他宣布他发现屋子里有一只篮子，篮子里有一只母鸡正在孵蛋。我抗议说哪有母鸡打鸣的，但他对我的抗议不理不睬，还引用了一行诗句"打鸣的母鸡"为自己解脱。他将那只抗议无效的母鸡，连同篮子统统放到外面的雨里去了。总算平静了一会儿，然后鸡又开始叫了。我们两个同时一骨碌爬起来找鸡，寻找没有白费力气，我们发现就在堆成山的那些筐子堆里藏着两只大公鸡。我用手杖把它们从筐子堆里赶出来，泰德指引它们出了门赶紧让它们离开了事。我们重新回到被窝享受剩余的几小时睡眠，这时一声悲哀但不乏音量的鸡鸣声，宣告心里不爽的禽类朋友就在离泰德头不远的屋檐下避难。这一次我们无计可施了。

早上起来我们设法雇了11个脚夫，他们不习惯那样的活计，只能扛一些轻的东西，而且只能走不长的一点路就要坐下来休息、抽烟。我们遇见的所有彝族人都是吸烟者，他们把石头掏空做烟斗，有白色的，有绿色的，还有许多是用红色石头做的，很像美国印第安人的红色烟斗。我买了不同种类的烟斗作为样品，一下子成了一场骚乱的无辜缘由。一位妇女给我看了一个制作相当精美的绿色烟斗，烟杆儿是用铜做的。我同意买下，这时一个男子猛地一把抓住那烟斗，并开始与那位妇女理论起来。双方都很激动，两人都有吵吵嚷嚷的附和者。争吵过了好一会儿才平静下来，我们这才慢慢弄清楚了是怎么回事。原来那个男子说那个烟斗是那位妇女从他那儿偷去的。直到后来事情才慢慢清楚了。

一年前那个男子就把自己的烟斗遗失在路上了,那个烟斗是那位妇女从路上捡到的。经裁定失物归捡到者所有,于是我们和那位妇人的交易做成了。

公益马离公益海(Kooing Hai)实际上很近,但一路迂回曲折,蹚过激流、翻越深谷,直到下午2点我们才赶到构成所谓的公益海的第一组人家。我们带了4个当兵的,我们让其余的士兵看管马匹和骡子。和我们在一起的还有穆卡和邻村头人的儿子。

山坡上漫山遍野的杜鹃花,以粉色为主,杂以深紫、雪白,漂亮极了。有些地方点缀着兰花家族的蓝色成员,蓝色的春兰、勿忘我、金簪花以及小星星似的黄色小花送我们一路向前。我们向河谷上游进发,随着海拔升高,庄稼明显稀少了许多。

一路跋涉有时真觉得不会有人热情接待我们,我们到达河谷上游最远处被标志为歇脚处的小屋时,那里的人都往山坡上跑,还有一个男子明显是用枪对准了我们。我们的雇工们成功抚平了这种紧张,但也费了不少周折。拿枪的男子即使最后放下枪与我们谈判,他也绝不是个友善的家伙。我认为那些汉人士兵们应该为不信任负责。宣告诉我们彝族人通常把我们这些外国人都看成是"神父"(他们把天主教传教士叫作"神父"),之所以获得这个光荣称呼可能是因为我们都留着大胡子。

在整个探险远征期间,我们无法确定什么样的礼物最能成功疏通关系。我们曾经赠过刀子、斧子,结果在穆坪都失败了,但在这里却有了大用场,而且一路畅通无阻,而我们曾寄予厚望的廉价望远镜干脆被拒绝接受,但要是郑重其事地邀请对方喝一杯法国廊酒,那我们的面子就大了。村子里的头人就被我们买通了,但是他高大魁梧的父亲对我们的诱骗似乎并不就范。很显然除非是为保护自家的财产,不然他们是绝对不会射杀大熊猫的。我们证实了昨天那个关于熊猫侵扰养蜂场的故事。那个养蜂场离头人的小屋很近,而且还用很结实的围栏保护着。侵扰事件是一个月前发生的。我们也了解到,6年前一只"白熊"(熊猫)在偷蜂蜜时被打死了，这是他们所知道的唯一一次熊猫被打死的事件。

雨下了一下午又下了一整夜，第二天早上天阴得很重，但没有雨。10个彝族猎手和与之等数的狗已经集结在我们搭在那间小屋旁边的帐篷外面等候，我们六点半就出发进山了。两小时以后我们进入竹海，很快我们都浑身湿透，冷得瑟瑟发抖。地上还有一片一片的冬日残雪，身披用羊毛编制的黑色斗篷的彝族人兴致很高，他们似乎认为这回他们可有机会活剥一只大熊猫了，可我们没有他们那样乐观。在我们顺着山梁穿过茂密的竹林时，我们有两次听到下面有猎狗追逐什么动物的吠声，但两次都无功而返。我们招呼大家休息一下，生火可是费了好大劲才生着。一个彝族人抓了一把苔藓放到正在冒烟的火棉上，呼呼不停地吹气，吹一会儿歇一会儿再接着吹，"腾"地一下火苗终于升起了。

几个彝族人一直走在我们走的这道山梁的另一边，我们取暖了没多久就传来一系列听不太清的吆喝声，我们的同伴们被告知那是猎狗在追一头猪。我们不想打一只野猪，但是急匆匆权衡了一下后，我们决定为了以后有更好的狩猎机会，我们必须让我们的猎手们情绪高昂，如果不与猎获熊猫冲突，我们要为我们的猎手打一只猎物。我们目前面临的情况就是如此，因为把猎狗放出去追野猪，我们的彝族猎手就再也打不到什么猎物了。

下到河谷去的路十分险峻，在有树林的地方已经十分艰难了，但当我们走到没有树木的光秃秃的地方后，我们才发现那里简直就无路可走，我们顺河床而行会好一些的希望被撞得粉碎。对流水来说，直下40英尺不算个事儿，但要在滑溜溜的垂直岩石上滑步，确保在石头缝上找个脚能踩住的地方，或是抓住一根不知道结实不结实的什么植物的根，对于攀爬者来说绝对是另一回事。不止一次地跌倒，擦伤、青肿、挫伤自不必说，所幸的是我们终于走出险境，来到一条当地人踩出的小道上，我们沿路进入主河谷地段。这时下起了雨夹雪，大多数猎狗已经放弃追野猪了。我们的猎手们又试着搜寻了一次，都没有收获，大家决定结束一天的狩猎，我们带着对这个河谷地带的实用知识，了解了它的艰难险阻，回到了帐篷。

至此那位头儿已经变得确实友好起来，我们围坐在火堆旁边讨论猎获猎物的办法，讨论时不时转向其他更加一般的话题。宣说的话和做出的姿态一直都是令人愉快的，而且能让每一个沉闷的时刻都变得活跃。与通常情况一样，话题往往会转向患病和药物，那需要我们经常精打细算以保持本来就不多的药物储存平衡。宣翻译头人的话说："头人说他的头里有个鬼，鬼让他的头老发痒，其他人的头都不痒，所以头人就说他的头里有鬼。"泰德十分郑重其事地掏出一小瓶冷霜，说如果认真涂抹就会让鬼服服帖帖。我们接着又被告知一到元月鬼就害死许多儿童。毫无疑问是肺炎在作怪，肺炎可比鬼难对付多了。

雨不停地下了一整夜，帐篷破了几个洞，睡在里面很不舒服，但附近没有一个小屋，我们只能尽量凑合着。清晨很冷，天空灰蒙蒙的，雨还未有要停的样子。我们以为不会有一个彝族人这时起床，很快我们就不抱幻想了，一小时后，至少有32个彝族人牵着他们的狗进来了。他们的狗与我们在穆坪时雇用过的狗一样。帐篷里晚上进了不少雨水，尚未出发我们就已经淋湿了。但那还不算坏，因为一个半小时后我们在泥里水里完全湿了个透。

在出发进山以前，我们的猎手"制好了药"。彝族人没有为他们的神祇塑像，他们用举行仪式、敲鼓或者在一块羊肩胛骨上烧洞占卜的办法给病人治病，我们没有看见任何偶像。我们的两个猎手拿来木条，在上面刻槽，嘴里念念有词。就我们所知，主要目的是确定一个吉利的狩猎地点。宣一脸虔诚地在一旁观看。他转身对我们说："他们在向神祈祷。"然后耸耸肩说："或许有效，我不知道。"

我们是从另一个山梁上的另一座竹林钻过的，除了这一点不一样外，这一天的狩猎与以前的没有什么不同。猎狗被分散开来，希望它们把河谷两边都仔细搜寻。每一天我们都能看到熊猫留下的迹象，但我们总觉得没有哪个迹象表明有两只熊猫在活动。根据我们的观察,在附近的熊猫极少,比穆坪要少得多。中午我们生了一堆火,彝族人从外衣里掏出圆面包片⑦,面包片里夹着豆子。在猎手中间,有一个年长的人让我们觉得特别有趣。他的年龄肯定有60多岁,其他的猎手都把他看成是满腹狩猎传奇故事的宝库,在我们对猎手做出安排决定中,他的指导起着很重要的作用。在行进途中他收集到一些菌类,他将那些菌类用灰烬烘干,而且似乎十分享受那样做。

有那么一两次,猎狗发现了某种动物的足迹,不过很快就不再搭理了。除了时间不详的熊猫踪迹外,我们所见到的只是些香獐的足迹,还有不少地方的印迹是野猪拱的。

那天晚上开会商量的结果是第二天再做最后一次尝试,如果还一无所获,我们就继续前进到我们以前打听到的发现有羚牛的地方去。我们给我们的彝族猎手每天支付15～30美分,并对第一个把熊猫指给我们看的猎手给予大的奖励,而且给实际参与了猎获第一个猎物的猎手一定的奖励。

村民还有其他办法通过我们致富。我们买他们的羊、鸡蛋和酒碗以及石头烟斗。一个猎手有一样新奇的竹子乐器,他将乐器抵住牙齿然后吹气,一边用手指拨动拉紧的小竹片。我们让宣给我们搞两个,他来回摇着头,眨巴着眼睛说,"那个很不好,哪天我给你们讲讲它的故事。它杀死过很多人,哎呀,有700多人啊。"我们要他继续说下去,他解释道:"这个地方和其他地方一个样,父亲母亲说我有儿子,我给他找媳妇。就给他找了个媳妇。也许儿子看上另一个姑娘。他给她演奏的就像那个乐器,她也给他演奏乐器。他说'我的爸妈要我和一个我不爱的姑娘结婚'。姑娘说'我爸妈要我和一个我不爱的男人结婚'。她说:'我爱你,你爱我吗?'他说'我爱你'。他说'我们到山顶上去'。他们到山顶去了。他们一起演奏乐器,他们一起在脖子上套上绳子圈,在一棵树上吊死了。啊,许多人死了,700多人啊!多可怜啊!"

我们第二天早上的狩猎只是前两天的重复，没有收获。我们又一次爬上一道山梁，这一次没有下雨夹雪，下的只是雪，可是效果是一样的。我们没有发现熊猫的任何踪迹。泰德看见了一只野鸡，我瞥见一只很大的松鼠"刺溜"一下跑过去了。

我们派宣带着行装打前站先到公益马，要他在那儿找些骡子，然后继续往前到栗子坪（Litzaping）。有人告诉我们栗子坪附近会发现羚牛。我们也向栗子坪进发，正好在天黑前也赶到了栗子坪。

4个头人一起来迎接我们。我们先给他们每人一只廊酒酒杯，然后我们买了一些当地酿造的酒，我们又将那些酒倒到碗里，传给头人和他们的随从轮着喝。他们都很健壮并十分友善。我们听说彝族人酒量很大，但我们没有看到他们如何狂饮。他们的酒通常是用玉米酿造的，出酒量有大有小，但没有一种玉米酒能称得上是真正意义上的好饮料。

我们的朋友异口同声说周围几乎没有羚牛，可是我们听说就在附近一座叫紫马垮（Tsumei Kwa）的山里有不少羚牛。他们否认了这种说法，所有的人都建议我们继续向前到冶勒去，他们说那里羚牛不少，偶尔也会有大熊猫。我们决定将汉人士兵送回去，带上每个头人的一个儿子。彝族人告诉我们，带着当兵的，我们会遇到不少麻烦，没有了他们我们会很安全。至此宣已经对那个"哥们儿"厌恶至极了，他尖酸地把那个"哥们儿"叫作"我们心爱的哥们儿"，但他担心如果把那人送回去，或许那人会伤害到我们。一连好几天我们都听从了宣的意见。但我们最终还是把那人强行送回去了，我们都由衷地高兴。

4月12日我们出发到冶勒去。雨下个不停，路越发难走。我们的驮队包括4头骡子和两匹小马。一匹小马滑倒向山下滚去，一个赶骡人勇气十足地一把抓住小马辔头，和小马一起在石头上翻了好几个滚直到再也无法抓住了才放手。离得最近的一丛挺坚硬的灌木挡住了小马和驮子，小马和驮子没有掉进河里，不然都遭殃了。我们把小马拖回到原路上，这样又耽搁了半个小时。

一路跋涉，有两次不得不停下来，赶骡子的人不得不变成修路工，清理滑坡造成的堵塞。最后河谷变得开阔，我们的行程一下轻松多了。原野越来越美丽，路边是高大的松树，再往前我们就进到一个很大的高山草甸，水草丰美，周围郁郁葱葱而山顶上白雪皑皑。我们感觉仿佛又回到了人间仙境天山。

我们停歇的那个小村庄是组成冶勒的一部分。小屋子倒是挺大的，屋子周围的地面被牲畜和羊踩踏得很是坚硬。雨下得很大，河谷很快被浓雾笼罩。这时在小屋中间生一堆火是再好不过的了。

我们立即着手落实打猎的细节。我们叫来两个毛遂自荐的专家，一个明显是个猎手，而另一个则令人心生疑窦。第一个猎手打过一只羚牛，并拿出羚牛头来做证。两人都说打羚牛并不费事，而且两人都同意附近就有"白熊"的说法，但他们都说要真打一只却是几乎不可能的。只能如此。下一个大家都同意的想法的大意是：在这样一种天气里是不可能的。当问起如何找到改善的办法时，他们两个都明确认为每年这个季节雨夹雪是常事，而且无法预测哪一天会放晴。这的确让人感到凄凉，但宣挺身而出，把什么事都揽在自己身上。河谷地区头人缺席时情况更加困难，头人出去了正在路上，何日回来谁也说不上。最后还是宣表明了态度，他说我们不能等到天气变好了再行动，如果明天早上不去打猎，或许千载难逢的好机会就会消失。彝族人虽不乐意，也只好屈服。在我们要再找4个猎手这样就可以分头行动时却遇到了困难。那位猎手带着疑虑说他想让他的儿子替他，他告诉我们他的儿子今年18岁，但在我们让他走过来看看时，他好像最多不过12岁。说来说去我们才弄清楚了，他唯一的猎手资历是他吃过羚牛肉。

一个牧羊人带来一只小野猪，小野猪是他在山坡上放羊的时候发现的。小野猪身上有条纹，间有白色斑点，只有几个月大。它已经死了，让人想起在萨加莫尔[8]感恩节晚宴上的烤乳猪。我们用15美分将它买下，而宣的高超厨艺随后也取得了不可否认的成功。

我们把一切都安排妥当时天已经晚了，我们都有理由觉得4个彝族人要来只能等到明天早上了。于是我们就钻进一个高高的干草堆里美美地睡了一觉。和我们一起的有栗子坪带来的4个后生，他们是我们的侍卫。

4月13日，星期六，黎明寒冷，阴。晚上下雪了，河谷里河床上到处是雪，山坡上的树木都披上了圣诞节的盛装。我们和4个猎手一起出发了，那位吃过羚牛肉的男孩子以及5条身材苗条的猎狗也和我们一同出发。这时又下起蒙蒙细雨。一天的开头并不令人振奋，但结果证明那一天却是值得庆贺的一天。4个挑夫将会挑着我们的和猎手们的铺盖卷跟上来。我们的计划需要我们在据说有羚牛出没的山上"流星雨酒店"住一两个晚上。

走了三四英里之后我们经过了几处属于那位出门的名叫阿索扎的头人的小屋。再沿河谷上行约同样的距离我们转入一道峡谷。只向前走了不远，我们就在雪地里发现了熊猫的足迹。那家伙显然在雪停住好久以前曾经经过这里，但彝族人发现其中有一个足印是新近留下的，这可让4个当地猎手们兴奋不已。我们拉出我们的矮马骑上直到我们快要进入丛林或步行过于艰难时才下来步行，穆卡来把那些小马拉了回去。这时他有了展示他的价值的机会。彝族人对追踪熊猫有点迟疑，既有宗教方面的顾虑，还因为我们要猎取羚牛指定的那些具体指示。我们可以推测讨论会正在进行，但又以为只涉及猎取的方法，而且也无法预料如果穆卡没有挺身而出，解释说，说一千道一万，我们的目的就是打一只熊猫，讨论就不会有结果。这些都是我们后来才了解到的。

会就这样结束了，我们随即循着熊猫足印进山追踪。猎狗们很快就宣告它们的努力是徒劳的。我们途经低洼处几个老鼠洞，我们的4只狗对追踪大型动物一点兴趣都没有了，一心一意追起了老鼠。依然紧跟在我们后面的一只狗狂吠起来，直到泰德飞快地用手杖打了它，那狗才嗥叫着跑回树林去了，从此我们再也没有见到那只狗。

第八章 "高了！低了！开枪！命中！"

我们现在专心致志地追寻熊猫了，但只有3个彝族人仍然和我们一起。"白熊"好像很悠闲地到处转悠，有时会在竹子上蹭一蹭。它留下的痕迹的数量使我们意识到，我们对曾经狩猎过的穆坪以外地区熊猫的数量做出的保守估计是正确的。很快我们就发现了熊猫足印上重叠的野猪足印，足印延续了一英里以上。我们的追寻明显的不很急促。有一段时间那只熊猫是顺崎岖的石头河床行进，那里水流湍急，然后又爬上一面陡峭的山坡，穿过迷宫般的瀑布群，钻过倒下的横七竖八的树木。倒下的树干上覆盖着冰雪，十分光滑，我们只能爬着钻过去，或爬着翻过去，耗费体力自不必说。竹林被证明是探险路上特别令人不爽的障碍，那里的竹子毛茸茸的顶端被雪和冰压弯垂下来牢牢地冻在地面上，很难通过。我们的衣服被雨雪浸得湿透了，一停下来就直打哆嗦，又累得气喘吁吁。太阳露了一会儿脸，我们反倒担心冰封的道路会因此而消融，所幸的是黑压压的乌云又将太阳给遮住了。

我们沿着那足迹走了两个半小时，来到一处更加开阔的丛林。高大的冷杉树耸立在竹林上空，地衣覆盖的赤杨星罗棋布，偶尔有积雪不多的地方蓝色或黄色的野花摇曳着迎风昂起头来。在这里熊猫更加专注于食物，它在一个竹丛下面给自己造了个窝。它也在附近的树皮上留下了爪痕，我们又急切地在附近的树上查看是否有黑白相间的东西卧在上面。熊猫的足迹伸向不同的方向，纤维坚韧的竹子似乎最多只能提供一些水分和很少的便餐，从熊猫的粪便判断，那种食物也很难消化。就在我们经过的小路的下方，传来猎狗追赶什么动物的狂吠声，或许又是一只野猪吧。我们真希望野猪出现在别处，因为我们觉得，熊猫如果不在它已经习惯了的地方找一个白天睡觉的窝，它是不会走远的。

我们来到一片空地，这里很难辨认出哪些是熊猫走过留下的，哪些不是熊猫留下的足迹。我们先朝一个方向搜索，然后再选另一个方向。就在近处我听见一个清脆的"咔嚓"声。那声音可能是竹子折断的声音，或是两棵树枝丫在风中交错发出的嘎吱声。我依然记得穆坪的猎手们在听到这种声音时急切的样子。那一回声音是树发出的，不是动物的声音。这会儿一个彝族猎手就站在穆卡和我身旁，他悄无声息地向前冲去。他还没有跑40码远，就转过身来急切地用手势叫我们赶紧跟上去。

我跑到他跟前，他用手给我指30码以外的一棵高大的云杉树。那棵云杉的树干有个树洞，从树洞里出来一个熊猫头和大半个身子。看上去它很瞌睡了，左摇右摆地往前走。远处看它很大，正是我们梦寐以求的那种动物。我们已经放弃了那个小小的期望，不指望会见到一只熊猫。可是现在它看起来要比真实熊猫大得多，白头、黑眼圈、黑脖颈、白背部。

泰德带着另一个彝族猎手向另一个方向搜索了，于是穆卡和我向他发出信号。实际上等待的时间并不长，但我们还是觉得长得要命。睡眼惺忪的熊猫并没有完全清醒，它慢条斯理地走进了竹林。如果受到惊吓，熊猫会立刻消失得无影无踪。泰德一走过来，我们就同时向着那个正在消失的熊猫影子开枪，我们的两枪都打中了。熊猫不知道它的敌人们在哪儿，它转身向我们这个方向跑来，在我们左手低洼处厚厚的积雪里跟跟跄跄。在熊猫距离穆卡只有五六英尺远时，我们又开了一枪，它倒下了，但刚过了一会儿，又爬起来向茂密的新竹林跑去。我们已经肯定那只熊猫是我们的了，于是大家都想到彝族猎手们说的话，"白熊"并不是一只让人害怕的动物，只要我们小心地寻找并追踪它的足迹。在我们的下方狩猎的狗儿欢欢喜喜地跑回来，但它们并没有分享它们的主人对于"白熊"不会伤人的看法。它们紧紧跟在我们后面，一路狂吠，也没有什么能诱惑它们向前搜索追踪了。说实在的不需要任何帮助，追逐只持续了75码远就结束了。那只熊猫是一只健壮的雄性，是彝族人在这个冶勒河谷有史以来猎获的第一只熊猫。

猎手们、彝族人和我们一起举行了一次联欢，用各自的语言相互祝贺。我们的辛苦终得厚报。长久以来我们备受艰辛，经历了各种艰难险阻。就在前一天晚上，情况还是那样糟糕，对是否能让彝族人走出家门进山打猎，我们都抱有怀疑态度。现在情况大不一样了。在漠不关心了那么久以后，狩猎之神转过脸来开始眷顾我们，炮制了一系列情景，给我们提供猎获熊猫的机会，让我们不用猎狗帮助就找到它的藏身之处，并给了我们最佳的同时开枪的机会。

兴奋逐渐消退，我们这才考虑，除了刚才获得的猎物以外，我们还有不少别的事要做出安排。面临下雨，相机套又严重破损，我就把我的照相机卷在铺盖卷里。这时我的第一个念头就是拿照相机，于是泰德留下来打理运输方面的棘手事情，我匆忙向河谷跑下去。我们一步一滑、一步一跌，腿上、膝盖上都皮开肉绽，尽管如此，我们的脑子里还是在重新回顾追踪熊猫的一些细节。当穆卡停下来喘口气的当儿，我突然插话，接着把故事讲下去。我后来才知道泰德和贾法尔·锡克脑子里想的和我差不多一样。穆卡坚持认为熊猫是个绅士，它不像熊，即使被打中也不吼叫。

我们终于到了阿索扎的小屋，我们希望在那里见到宣和他的骡子，但没有他们的踪影。那可是个很大的打击，因为我们对成功猎获的熊猫进行拍摄的机会更加渺茫了。我们一边打听宣的下落，一边坐在阿索扎的妇人伏卡那座舒适的壁炉旁休息一会儿。阿索扎先生不在，他的夫人代他招待我们。她是一位高个儿的女人，头上戴一顶彝族妇女常戴的那种头饰，抽一根管子很长的烟管，那是用石头做的烟锅，她告诉我们那个烟锅是她的母亲以及祖母用过的。她把烟草装进烟锅里，将烟锅伸进火里，在火里挖些灰烬放在烟锅上，然后郑重地把烟管递给我们，这样的举动让我想起红脸印第安人递给对方表示和平的烟管来。她的一个女儿给我们端上来半打鸡蛋，盛鸡蛋的碗是用羚牛皮做的。

很可惜我们没有时间耽搁，所以我们很快又回到昨天晚上歇息的地方。我们在那里见到了宣，便匆忙将骡子赶到阿索扎小屋，一直到十点半我才发现泰德和那只被猎获的熊猫。为了拿回照相机，整整走了14英里路。现在又是雨夹雪，拿着照相机的手指冻得麻木，一点都不灵活

小西奥多·罗斯福、穆卡与熊猫

第八章 "高了！低了！开枪！命中！"

阿索扎小屋

宣与几位彝族朋友

了。彝族人不善于负重，这让泰德既劳累又丧气。有一段时间他试图将熊猫尸体放到河里让它顺水流而下，但河水冰封，折腾了一阵后他放弃了。他将熊猫的内脏掏出，他原本是想等到照相机来了后才掏内脏的。他在熊猫的胃里只发现了竹子一种食物。

那天晚上在阿索扎小屋举行的庆祝可是够盛大的。伏卡指示宰了一只羊，又坚决拒绝我们付钱。庆祝会自始至终都弥漫着浓烈的迷信气氛。首先"白熊"不能被抬到小屋里，我们担心自己只能在雨雪和泥里剥熊猫皮了。最终宗教禁忌有所松动，允许猎手们将熊猫尸体抬到单独的一个干草棚里去了。我们干活的时候，一群有浓厚兴趣的人围上来看，但一群人里没有一个既吃素又吃荤的彝族人愿意碰触一下哪怕是一小块生肉。宣告诉我们，我们离开后，他们要请一位祭司举行一次全面净化仪式，清扫房子及其周围各个角落，清除掉大熊猫之死留下的所有阴影。

盛宴很晚才结束。羊被切成4大块，放入一口很大的锅里，锅用3块石头撑着架在火上。煮了一会儿，半生不熟的羊肉从锅里捞出，切成小块，再放入开水锅里煮。等着吃羊肉的彝族人默默地靠着那间大房子的墙站了一圈，他们都披着长披风，那很顶用，那屋的粗疏屋顶有不少缝，外面的雨漏进来得越来越快了。羊肉煮好了，伏卡的仆人用勺子将大块的肉舀到木碗里，又从一口小锅里舀了一些米饭加到羊肉碗里，再端给客人。很快就上酒了。一个木制大口杯盛满了酒，在客人中间传着喝。席间基本无人说话，屋子里的照明松木火堆闪闪发光。伏卡坐在火堆旁边，一边抽着她那支长烟管，一边指挥着她的家臣，那情景与中世纪欧洲封建家族的家宴相比倒是十分相配。泰德和我用我们的白兰地酒壶里最后一点酒调了一杯特迪酒，举杯为大家的健康干杯。我们先给佩雷拉将军敬酒。佩雷拉将军想猎杀熊猫，只是面对诸多困难，他不像我们有命运的眷顾。

我们在钻进干草堆里我们的被窝的时候，天已经很晚了，没有哪天的被窝能比那天晚上的被窝更诱人的了。尽管我们已经过了做梦都想吃糖果的年纪，但我们那天晚上做梦，梦里除了黑白相间的"白熊"还是黑白相间的"白熊"。

注释：

① 今乐山。——译者注

② 原文Chinaman是个带有贬义的词。——译者注

③ 今大渡河。——编者注

④ 今安顺场。——编者注

⑤ 指华盛顿的政府官员们。——译者注

⑥ 选自斯蒂芬·文森特·贝内特的诗《约翰·布朗的遗体》。——原文注

⑦ 馒头切片。——译者注

⑧ 也有酋长的意思。——译者注

第九章　结束追踪

（小西奥多·罗斯福）

二十年以后，他们再次相聚，
二十年，或许更久
每个人都在说，"他们长得够高，
他们走过湖畔，他们走过险境，
还登上了尚克雷的山顶"。

—— 里尔

假如你正从事最为艰苦的工作，比如说在跑步的时候不经意打破了世界纪录；假如你正坐在边线上，十分疲倦却兴高采烈；再假如在那个时候，有个人向你走来，说道："你必须站起来再重新跑一次！"那就是克米特和我得到大熊猫后的那种感觉。我们意识到我们必须结束正在开始的羚牛猎杀任务。我们甚至不能有哪怕一天的休息。因为我们必须尽早开始在印度支那进行捕猎，原因是夏天的雨水使得低洼的热带丛林变成难以穿行的沼泽地带。

翌日一大早，我们派遣当地的猎人时，发现他们一点都不情愿出发。前一天晚上的盛宴，以及碗里的苞谷酒，让他们更愿意在乡野闲聊，而不是又走进白雪皑皑的大山。最终，经过不断的催促，我们才让他们在7点钟开始动身。对于追踪行动而言，这已经很晚了。两名猎手和我们的铺盖及装备已经被打包成了4个包裹，之后由我们的搬运工运送。

运气好，天气不错，偶尔有些阳光照在白雪上，反射出令人目眩的光芒。很快我们就穿过了前天我们到达的那个大熊猫出没的地方。沟壑变得更加陡峭崎岖，树木也更加浓密，行进变得更加艰难。地面上的积雪很厚。雪花落在竹子的叶梢，压弯了枝条，把它们冻得结结实实。在这样的竹林中挣扎向上前行，无异于在槌球的铁环门中行进。彝人还是和往常一样的好脾气，像小孩一样得过且过。每隔个把小时，他们就会在雪地里蹲下来，苦笑着，挠挠他们酸涩的头。他们什么都不肯带，甚至连克米特的照相机都不愿意拿。

有一次，我们突然闯入了灌木丛，惊起了一群原鸡。我没法看清楚它们是什么，只瞥到了一只，发现它们蜷缩在一棵树下，像黑松鸡那么大，颜色是深色的。

我们不断地发现标记，应当是有动物经过，并在雪地里留下了清晰的印记。除了一开始我们看到的一头赤麂纤细的足印外，什么也没看见，直到下午，穆卡拿起望远镜，看到一座大山上白雪覆盖的山顶有6条平行的足迹蜿蜒而下。我们询问了当地人那些是什么，之后被告知是野牛（羚牛）。我们之中没人觉得它们的体型有那么大，但是我们觉得不去的话就会错失良机。我们把当地的3个猎人甩在后头，和第四个人一起向山里进发。没过多久，他就想坐下来，并让我们独自前行。经过一番激烈的争辩，我们让他相信他的计划无法奏效。

没过多长时间，我们就意识到了为什么他愿意在后面等着。我们刚开始走的那段路经过一片普通的竹林，但是现在竹子长在覆盖着白雪的岩石上，每走上个十来米，有些人的腿就会滑到两个石头的罅隙里，发出"砰"的一声。我们正在攀登的山谷里面积满了从山上落下来的雪。有时我们要在齐胸深的雪里挣扎。经过一小时这样的行程我们到达了荒凉的山脊上。山势十分陡峭，但还是积住了类似于冰河形状的冰雪。这个时候，太阳出来了，很快我们都汗流浃背，闪耀的阳光几乎晃瞎了我们的眼睛。最后我们登上了极其陡峭的山梁，到达了那些踪迹所在的地方。发现它们不是野牛而是狼。就在我们坐下来气喘吁吁的时候，我们感到最大的安慰是给了我们错误信息的那个当地猎人和我们遭受了同样的折磨。

毫无疑问，那两个跟随我们的当地猎人曾经捕杀过羚牛，但是最为棘手的事情是无法从他们嘴里得到精确的信息。他们告诉我们那种动物有时候非常凶猛，所以他们害怕羚牛，尤其是一群羚牛聚集在一起的时候更为可怕。还说每当他们发现一群这种动物的时候往往在射杀它们之前爬到树上去才行。

我们半爬半滑地重新回到我们一开始爬坡的地方。走了1/4英里以后，我们找到了其他3个猎人，那几个人围蹲在一棵枝丫遒劲的古树下面，还在树下的雪地里点了一堆火。他们根据种种迹象认为，这就是我们将要宿营的地方。4个脚夫很快带着我们的装备赶到了。我们带了两个单人帐篷，每一个重12磅。给了克什米尔人一个帐篷，剩下那个我们自己用。很快我们就在雪地里搭好了帐篷，并在里面铺好了铺盖。

克米特和我在尽力打猎之后都吃不下太多东西，但是在那一次发现每天的伙食有1/4小罐的碎咸牛肉、半罐美国军用压缩干粮和几片全麦饼干之后，觉得我们对自己还不错。食物里面让人感觉最棒的是一杯用玉米粉制作的像汤羹一样的热巧克力汁。晚饭之后，我们在火堆旁边烤干了袜子，就钻到帐篷里面去了。

快到早上的时候，天气刺骨的寒冷，我们俩都睡不着了。在早晨第一缕微弱的阳光里，我们决定开始一天的行程，一拐一拐地把冻得僵硬的腿凑到火堆旁边。没什么食材可以做早饭，我们也省了吃早饭的时间，在太阳升起之前，我们就顺着山谷一路爬到山脊上。

一个半小时的艰难攀爬之后，我们觉得自己到达了咸泉，那是当地人参拜他们神灵的地方。我们非常谨慎地走近，唯恐碰断树枝。最终走到之前我们看到它的地方，那里没有任何动物。不仅如此，我们一路走上来的时候，在雪地里都没有看到任何动物留下的痕迹。这真是极大的遗憾，这就意味着羚牛已经很多天没有来了。泉水自动从地面的小孔涌出来。我品尝了泉水，发现泉水温暖而且发咸。

  彝人非常沮丧，解释说在这个地域不会有羚牛，因为他们每隔几天就会来一趟。他们想立即返回。克米特和我觉得，除非确定没有机会得到羚牛，我们是不会离开的。我们分成两组，进入不同的沟壑，在任何有开阔视野的地方就停下来，使用我们的望远镜搜寻周围的山川。我们看遍了大多数地方，没有发现任何迹象。我们非常不情愿地承认无论羚牛在哪里，它都不会在此地。

  一旦下定决心，我们就尽快返回。在我们前一天晚上宿营的地方只做了短暂停留，拆了帐篷，让脚夫起程之后我们就又出发了。前两天明亮的阳光消融了积雪，尤其是山谷低矮处的那些积雪都已经融化了。从白色的雪层向下仔细看，能够看到沾染早春新鲜绿色的叶子。

  到达我们的主人——那个彝人头领住所的时候已经是下午了。我们进到那个集起居室、卧室和厨房于一体的房间，告诉宣我们已经决定第二天就离开这里前往宁远。听到这样的消息，我们的伙伴很高兴，因为他们有部分汉人血统，在彝人聚居的地方非常不受待见。之后我们告诉他们，我们会设宴款待这个山谷里的居民。我们的主人阿索扎，还没有回来，但是伏卡，他的妻子，立刻表示反对。她说应该是她来请客。这位主妇十分封建，她认为慷慨是她的责任，并且从他们的立场来说，好客是他们的义务。

  庄主外出，我们没能见过他，但是他的妻子伏卡却很好地向我们诠释了她的品性。她习惯于发号施令。嗓音低沉悦耳，和那些亚洲妇女尖刻的声音形成了巨大反差。她尽管个头中等，看上去却比较高。一只眼睛因为某种疾病受到很大伤害。她的衣服十分宽大，又脏又破。然而，即使她就着火，蹲在地上，用她的那只须臾不离的石头烟管吸烟时，你都可以感受到那种不经意散发出来的尊严，那会让许多伟大的女士自惭形秽。有一次，我们打算送给她一个镶着绿松石的金戒指，她拒绝了，但是她同时声称她赞赏我们的想法，因为我们是"出于好心"，但是她的年纪大了，不需要这些便宜货。

直到我们坚持说我们也觉得款待客人是我们的责任时，伏卡最后才生气地让我们购买宴席所需要的食物。买了一头羊和大米之后，我们也试图购买一些当地的酒款待客人，但是有趣的是，我们在这些山民里面没有发现一个清醒的人。

于是克米特和我开始打包收拾行李，这样的话，第二天一大早，所有行李就可以收拾停当，随时上路。

在我们收拾行李的时候，宴会也在准备着。他们在院子里宰杀了那只从山里带来的绵羊。因为动物不是用来储存的，而是立即要被吃掉，所以羊被宰杀后，没有一刻耽误就把它送到了房子里面开始剥皮分切。一圈石头里燃着火，上面放着一个巨大的像平底锅一样的铁锅，锅里面盛满了大米和羊肉。

很快，附近邻居都来了。克米特和我分别坐在火堆旁边的鲁尔基椅子上，当地人围成几圈蹲在地上，每个人都拿着碗，不停地从大锅里面舀出大米和羊肉。没有刀和叉，每个人都用手指吃饭。从大锅上反射出来的亮光就是唯一的光源。那次，房东尚未出嫁的女儿让宣询问我们能不能给她一块我们的香皂。我刚好有一块多出来的用包装纸包起来的梨牌香皂，就送给了她，这让她喜出望外。慢慢地，羊肉都没有了，骨头扔给了狗。客人们一个个彻底吃饱了，于是他们进入深夜，回到了家中。晚上9点钟，宴会结束。

他们都走了之后，我们请这座房屋的继承人，房主的儿子，代替他的父亲接收礼物。我们送给他克米特的32英寸自动步枪。这让他的母亲十分窘迫，她说没有什么值钱的礼物送给我们，从大桥（Tachow）[①]的老宅子被赶到这个山谷里的时候，她们丢失了绝大多数财产。

第九章　结束追踪

在阿索扎小屋前喂猪

伏卡（手持烟袋者）与其邻居

第二天早晨，我们向她告别，她的周围站着家人和前一天晚上参加宴席的客人。我肯定她们对我们的离去感到难过，我知道我们对自己的离别也感到伤心。令人难以置信的是，这么仁慈的老妪和那些面带微笑的当地人，竟然被别人说成是会抢劫我们的野蛮人。然而事实是穿过冶勒的道路，尽管是通往打箭炉南部的一条捷径，很多年前就已经关闭行旅了。

当地头人儿子们的保镖陪着我们顺着山谷一路向东行走，太阳刚刚升起，周围的山上覆盖着白雪，环绕着黝黑的森林。山谷的谷底里点缀着一些山羊和绵羊。山谷中央流淌着一条窄窄的溪流，我们在它的源头搜寻过羚牛。潺潺溪流旁边的岩石上覆盖着色彩鲜艳的苔藓，所以溪水发出耀眼的红色。

上午10点钟，我们越过一个小分水岭，进入巨大而且古老的云杉树环绕的山间草地。就在这里，我们离开了我们忠诚的伙伴，穆卡，他为我们这次得到大熊猫做出了部分贡献。他告知我们他最多走到这里。我们支付了他的酬金，还送给了他一把带鞘的刀作为礼物。我们最后一眼看到他的时候，他正抄小道进入大山，回自己家。

随着时间的推移，山谷逐渐变宽，也不再那么崎岖。我们看到了房屋和耕地。从山脊上冒出来一群群彝人，裹着黑色的头巾，披着巨大的斗篷，看起来充满野性。他们极不友好地涌向我们的队伍直到看见了我们的护卫。有位山民像美洲印第安人那样，把头发修剪成头顶剃光只留中间一绺的样式。除了三两个人手里举着滑膛式装火药的武器外，没有其他的东西，不过也许斗篷里面藏着一些。在我们行走的过程中，绝大部分时候都跟着10~20个人。就像我们在冶勒的那些朋友，一旦建立了信任，他们就会成为最友好的人，向我们微笑，好奇地看我们的装备。

向小路的尽头看去，我看到一英里开外的地方有移动的白点。曾经一度，我以为那是些动物——后来我意识到他们是扛着棺材到集市去的当地人。走近一些，我认出了那些苦力的身影，看上去像是勤劳的工

彝人

彝族少女

蚁扛着它们的卵在花园的小路上穿行。这些棺材十分巨大，3~4英寸厚，宽2~3英尺，长6~7英尺。正是这些对巨大硬木的需求导致了中国森林资源遭到了毁灭性的破坏。不仅如此，活人的耗资也十分巨大。尊重祖先是很好的事情，然而，把它滥用为把整个家庭急需的绝大部分财富和去世的人一起埋葬，而且在葬礼中那些毫无意义的仪式上还要花费家里的积蓄就是可耻的愚蠢行为。

3点钟，我们的彝人护卫围着我们，宣说他们想和我们告别，大桥离这里只有20里路的距离，他们也不敢再往前走了。我们给了他们"买酒钱"，他们笑了，向我们鞠躬表示感谢。他们集结在附近的山脊上目送我们，直到我们消失在视野中。

向山下走的时候，季节转换像万花筒一样迅速变化。在小路的顶上还是冬天，往下走几英里我们踩到了春天的尾巴。田里罂粟花开得正盛。再往前走，几乎就是夏天，罂粟花朵败落，到了准备采摘果实的时候。很快，我们就看到了汉人居住区的迹象。在稻田里盯着我们看的人以汉人居多。

我们决定把事情处理得更快一些。骡夫们催赶着他们的牲口，我们在同一水平线慢跑的时候，我回望了一眼，看到了一幕在骑行中绝对不能干的事情。贾法尔·锡克正从后面赶来，他扔掉了缰绳，让它松松地缠在小马的脖子上。他双手抓着马鞍，像装在玉米袋子里面的玉米一样左右摇晃，最重要的是，他既没有意识到他陷入了麻烦，也没有意识到他的骑术糟糕透顶。

在我见到的许多骑术很差的骑手中，我觉得克什米尔的属于具有自己特色的那种。在他们手里，所有马或骡子的寿命都没有多长时间。因为一周以后，马或骡子的背上就会刺痛，或嘴上就会肿起来，骑行者也有同样的抱怨："先生，我的马不好。"因为没有一个当地人会承认他会因为做了错事而被批评。

我们在一条小河上的那些数不清的渡口之间绕来绕去，到达被城墙围着的小城镇大桥的时候，已经是晚上了。在城门口围着一群人，他们留了一个口子，目送着我们这个破破烂烂的驮队鱼贯入城。我们知道自己是那种令人怀有特殊兴趣的物品，在我们没有和任何人交流的任何方式时，没有办法告知他们原因。忠诚的宣，留在路的尽头，确保被驮夫携带的"白熊"骨头没有丢失，因为"如果丢了，就太让人伤心啦"。

宣出现后，我们立刻派他带着我们的名片、中央政府的信件和一副总是被婉拒的望远镜前往市政处。克米特说："如果宣把望远镜留在那里，他就不好再把它送回来。"

好像没过几分钟，"福音传教士"就带着满脸的笑容回来了。出人意表的事情出现了。被建造者们拒绝了的石头成了角落里最重要的那块，望远镜产生了效果。"他怀疑，他问送给他这么珍贵的礼品所图为何，我说就是图个乐子。他很快就来了。"

宣如是说。而后当地官员立刻就出现了。他是一个约莫有30岁，长相俊美且高挑的年轻人。随后另外一个当地的头头，也是一位年轻人，也来了。我们邀请他们走进酒馆后面充当我们卧室的黑乎乎的房间里。在光焰摇曳不定的油灯下，我们递给他们每人一杯法国廊酒，这是我们仅剩的一点存货了。之后我们开始进行正常的寒暄。我们发现那个官员是在附近的村庄出生的。他询问我们在做什么。我们告诉他我们在打猎，还给他看了熊猫的照片。他和另一个陪他一起来的人都对这种动物闻所未闻。中国西部这种对于信息的极端地域性的现象使我们倍感困惑和沮丧。这是位睿智的年轻人，出生在这个地方，尽管我们在仅仅25英里开外的地方捕杀了一只"白熊"，他却甚至都不知道"白熊"的存在。

预备的事情结束后，我们谈到的事情让他有了极大的兴趣，我们说起并解释了我们之前遇到的事情，这让他非常着迷。他想知道我们都去了哪里，为什么我们能够如此平和地进入敌对的彝人地域，其间没有被抢劫，也没有遇到任何麻烦。他说据他所知，没有任何一个白人进入那片地域，这么多年来，也没有任何汉人敢冒险进去。听上去好比在10

世纪，有一群欧洲基督徒毫发无损地在君士坦丁堡出现，说他们刚从麦加回来。

我们现在正处于彝人地区和汉人地区的边界。就像苏格兰和英格兰边界那样，充满着无休止的战争景象。劫掠和报复行为无休止地进行，大桥本身是一个前沿阵地，总是被战火波及。劫掠者们几个月前就攻陷此地，烧了一些房子。地方长官告诉我就在当天早上，附近不到一英里的一个村庄被山上来的人劫掠了，他的一名士兵在这次行动中被杀害。镇上和附近地区的人口主要是汉人，还有少数山谷里的彝人准备为他们在山中的亲人而战，有点像低地的苏格兰人支持高地苏格兰人。他问我们他能为我们做些什么时，我们说想让他帮我们尽快赶到宁远。他对我们这种异常谦逊的请求感到非常高兴，还说不仅要派一队士兵当护卫送我们到12英里以外那个最大的城镇，还要亲自带领队伍前往。

尽管那些骡夫保证再三，第二天早晨，他们依然没有出现。克米特前去催促他们，我让宣去买我们看到在客栈的堂屋摆放的小肖像。那是个令人悦目的小型木刻人物，带有岁月的柔和色彩。那些人不愿意出售，却用一种奇怪的习俗很明显地表达了这个意思。他们把它藏了起来，在原来的地方摆放了另外一个，最后坚持说我们想买的那个木刻从来就没有在那里摆放过。

队伍的行装准备停当，那个官员和我们的护卫出现了。一共有13名汉族士兵和22名彝人。出发前夜，那个官员用酒和羊肉宴款待彝人，这样他们才肯来。

在东方式的吵闹和混乱间，我们喧闹着走在了布满灰尘的石头路上。猪哼哼着，从我们行进的路上四散而去。狗叫着，妇女和孩子们叫着、闲聊着。我们穿过古老的灰色石头大门时，太阳刚刚升起，整个地区充满着洁净的初升阳光。我们的身后和周围坐落着彝人的群山，西边有一座极为美丽的雪山，我们被告知它的名字叫作金山。的确，它的雪层在太阳下闪闪发光，和金块的光芒毫无二致。

第九章　结束追踪

当我们鱼贯而行的时候，我向后望去。我们的队伍确实是一身丛林打扮。克米特和我留着乱糟糟的胡子，穿着一身磨损了的猎装，就像相貌粗野的山里人那样。跟在我们身后的彝人穿着黑色斗篷，挎着各种型号、新旧不一的步枪。后面跟着的是背着我们的装备的马匹。我们仅存的美国制造的箱子已经磨损得不成样子，外观和它们原本的模样相去甚远。

几分钟以后，我们经过一个小村庄，行政长官告诉我们几天前就是这个村子被劫掠了。之后我们到了一个树林。很明显，这是最有可能碰到危险的地方。我们的护卫向前围了两层，分散着从树林的左右两侧穿行。他们利落地做了这一切，并不是装装样子，因为中国士兵经常用这种套路让人觉得他们正在保护你远离危险，其实什么事都没有发生。对于那些和交易有关的人而言，这是最有效率的事情并且能够让人明白他们正在做的事情。这位长官自己下了马，抄起一杆枪，和前面的护卫一起前行。不知道是不是因为前面有保护我们的极佳的屏障，还是因为那天没有强盗，我们沿着小道上山又蜿蜒前行到另一座山的时候没有碰到任何麻烦。在山脚下，那些彝人围了过来，告诉我们他们要走了。我们给了他们几块钱当酒钱让他们乐和乐和。长官和其他13名真正的士兵还和我们在一起。

这个地方变得开阔起来，粮食作物和罂粟田交错出现。在田地里劳作的男男女女直起身子，用敬畏的目光看着我们，就像乡下孩子观看马戏队伍一样。我们到达灰色苔藓覆盖的冕宁县（Mienning-hsien）的城墙时，还依然是清晨。那是一个脏乱的贸易中心，从6个地方来的队伍交会在一起。人群几乎堵住了我们的道路，我们只能挤出市场。我们停下来，花了点时间和那名从大桥来的好心的年轻官员道别，还给了那些士兵一些报酬。之后让宣代替我们处理事情，并拿着我们的帖子和这个城市的官员接洽，我们摇摇晃晃地赶上我们的队伍时，他们已经走到了下游了。

到达泸沽（Lokow）时，我们已经连续走了11个小时。在那里，我们运气挺好，找到了一个中国天主教会，有干净的房间供我们休息。当然，因为我们蓄着长胡须，被人们当成了法国神父。可别当真了，我用手势向其中一个当地中国人解释我们每个人都有4个孩子。他接受了我的说法，但是，很明显地感觉到我们只是其他类型的圣职神父。

我们得到了隋丹和杰克·杨的消息。开始我们什么消息都没有能够找到，只知道他们已经在大约4天以前穿越了山脉。原本他们应该在邮局给我们留下一封信，但是邮局却拒绝承认。但是，我们知道自己不能被邮局这句不知道就敷衍过去。最终我们慢慢地从他们口中得知，几天前有人留下了一封信，地址是用外国话写的，他们把信送到了15里以外的天主教会。邮局总长说如果我们事先给他付钱的话，他会给我们拿回来。我们说他的马前面有一辆车，他如果带回那封信，就会得到该有的津贴。他这么干了，我们很高兴地得知我们这个团队的第二梯队进展顺利。

克米特和我都病了，克米特从前中的毒又复发了，而我的一条腿感染了，开始发烧。我们在地图上看到安宁（Amning）河从泸沽向宁远流去，就决定设法搞到一条船。我们雇了一条船，说好在离城12英里的地方与我们会合，我们答应自己带着行李，但是我们一直没有能够理解为什么队伍里的人们更喜欢在陆路走完整个行程。

第二天清晨，我们行进的时候，路过一个在陶范中熔炼铸铁的作坊，那是圆木制作而成的圆筒状容器，里面安装着一个活塞，这个活塞通过一个偏心曲柄连接着一个水平的水车轮。它给我留下了很深的印象，因为这是我第一次在中国西部看到的，在工业上带有些许节省劳动力意味的装置。

我们见到那艘船的时候，发现它是一条由大小不一的平木板制成的笨重而普通的驳船。它当然会漏水，从底板里会渗进一英寸深的污水。两个当地人，在船的一前一后，用力划水。克米特和我在船舱里找了个舒服的落脚之地，我立即着手撰写这一章节。我们在蜿蜒混浊的河水里顺流而下。河流两侧，低矮的绿色稻田向远方伸展出去。笨拙的、几乎掉光了毛的水牛在黑泥里慢吞吞地拖着犁耙，波澜不惊地用温和的眼睛看着我们。在沙洲上，站着几只灰鹤和白鹤，它们啄一下玫瑰然后轻快地飞走。偶尔我们绕过弯道，会惊起一群婆罗门鸭，它们飞起时溅起一片片水花。太阳酷热，很难想象，就在3天前，我们还在茫茫森林齐腰深的雪地里行走。克米特和我之前买了几顶用稻草制成的宽檐车轮帽遮蔽阳光，克米特戴上帽子，加上他乱糟糟的胡子，看上去活像一个带着光环、不那么体面的中世纪圣人。

　　下午时分，船夫们把我们的船带到岸上后，就消失在一群村舍里。宣告诉我们，他们回家取些"吃食"。这看上去是合理的，但是，45分钟以后他们还没有回来，我们要他去告诉他们，我们要他们带我们去下游，而不是去赴宴。

　　我们到达了指定的地方，船夫送我们上了岸。那里离宁远有25里地，那时已经下午4点了。我们要穿过一片稻田，因为一个小时之前，已经开始形成风暴。很快风就从山上吹了下来，不久风势加大，树木像草一样被吹弯了。我们穿过山谷的时候，大风刮断的一根树枝差点砸死了正在街上奔跑的一个小男孩，接着就下起了雨，我们很快被淋成了落汤鸡，冷到了骨头里。橡胶底的鞋子不停打滑，我们几乎站都站不住。我们脚底打滑，就像小狗在封冻的池塘上滑来滑去。我们也让宣询问在街上遇到的那些浑身湿透的人去城里的距离有多远，我们得到了和以往一样的答案，天生的乐观主义者会说10里。我们辛辛苦苦走了半个小时以后，再问，结果被告知有15里，这是我平生走过的最长的25里地。那座城市被树木、雨和雾掩藏得结结实实。我们就突然走到了它的面前。即使这样，我们也没有结束行程。法国传教团所在地还在城镇的另一头，没有比它的院子看上去更好的东西了，更何况隋丹和一名神父还从院子里出来迎接我们。

行李就在那里，我们立即上楼换上干净的衬衣。下楼吃饭的时候，晚饭已经准备停当了，我们很快就围着一张真正的桌子，坐在真正的椅子上吃上了浓肉汤，喝到了红酒。

那里有3名神职人员，主教博德里侯爵（Monseigneur Baudry）②，出生在罗谢尔（Rochellese），是一位身材瘦小、面容和蔼的人，但是他离开家乡到中国已经有35年了。佩尔·勒梅西耶（Père Le Mercier），36岁，身体结实，生性快乐，他是那种深爱着法国的人。还有佩尔·勒布勒特伊（Père Le Bretruil），在中国服务了15年。他们3个人都蓄着长胡须，遵照外方传教团的要求，着黑色长袍。

这种法国传教团是最特别的组织。它在世界各地均有分支——非洲，斯里兰卡和中国。"有志向的人们"被送到巴黎的神学院接受6年的学习，之后某一天号令到来："你去斯里兰卡"，或者"中国"之后，通常在第二天，他们就出发了。更不同寻常的是，因为神学院根本就不教授语言，因此，对于他们要去的那个国家的语言，他们一窍不通。他们要在到达目的地之后才学习语言。传教团的大多数人员再也不会见到法国，非常非常少数的人，比如伟大的探险家冈布雷侯爵（Monseigneur de Guebriant）被提升为领袖后，回到了巴黎。也有极少数，我仅仅知道一例，得了某种无法医治的疾病，或者像瘫痪之类导致彻底残疾的疾病时会被送回法国。其余的终生留在他们前往的国家，一辈子都不离开那里。只有一种情况下例外——大战。当法国为生死存亡而战的那段日子，外方传教团的人会回国参战。

在宁远的3名神父都是天生的乐天派，他们受过教育，洞悉世界上正在发生的事情。他们拥有有好几百卷藏书的图书馆，当我在他面前赞美这些书卷时，主教说在国内动荡之时，图书馆已经被烧了3次了。

边喝酒边聊天，我们听到了有关他们日常生活的许多趣闻。佩尔·玛斯亚曾经是军队里的军官，他被德国人俘获过两次，但是都逃脱了。战后，他加入了教会，之后被送到中国。离开云南府的那天，他被土匪抓住并抢劫了所有东西后，在乡下被释放了，他一句当地话都不会说。博德里，有一次高烧不退，被20个非法的汉族士兵和一个军官袭击，他骑上马逃走了。他们向他开枪并且搜寻他，他拉开了和他们的距离，但是当他必须爬一座小山的时候，被抓住了。一些彝人，对他非常友好，合起伙来杀死了所有士兵和那名军官，这才结束了追踪。因为那次遭遇让侯爵用力过度，导致高烧极度恶化，他的一只眼睛失明了。14年以前，博得里侯爵也去过那片我们曾经打过猎的彝人地区。他确信自己是第一个到过那里的白人。

除了神父之外，还有两名嬷嬷，她们将全部身心都奉献给了生病的患者。她们对我十分仁慈，我的高烧平息得这么快绝大部分要归功于她们。

在传教士里最有趣的一个人当数教士周泽库（Chow Tze Kow）。他是满族人，祖上在宁远已经生活了10代之久。他是一个高个子美男子，留着白色的长胡子。最开始他以当抄写员为生，但是他吸食鸦片，结果他失去了劳动能力，他的父亲便将他逐出家门。衣食无着之际，他决定戒掉烟瘾。他这么做了，尽管在15天的时间里，他在生与死之间徘徊。之后他加入了教会。在教会里，他有一间小房子，简直就像一个古董店，每个角落都堆满了鸡零狗碎的玩意儿——当地的旧书、乐器、旧表的零件、《圣经》和圣人的图片等等。他的职业是全能型的，他修补鞋子，他维修钟表，他为我刻中文名片。有一天他拿了一个古老的中国日晷，为我们记录时间。没有他不会的东西，也没有他做不了的事情。然而，归根结底，他是一名音乐家。

一天晚上，他带着自己的乐团，为我们开了场音乐会。他的乐团和他一样特别。一共有3个人——一个是传教团的翻译，他个子矮小，是个典型的中国老人，非常消瘦，褐色的皮肤紧紧地贴着他的颧骨；一个面容善良，长着一张像缩水的苹果一样皱巴巴的脸，是当地公办学校的教授；第三个人是一名身材颀长、长相俊美的满族小伙子，他在当地

在宁远的法国传教团
（这位老人的受洗名为弗尔索利诺）

第九章 结束追踪

不用钉子的木桥

海关工作。他们3人都弹奏弦乐器。他们围在放在桌上的乐器旁,拉着尾拨。他弹奏的是大键琴。他们选取了古老中国京剧里的片段,每个人都扮演一个角色,轮流演唱。在欧洲人听来,这种音乐就是一种小调,因此有些枯燥乏味。

另外一天,他单独为我们弹奏。这次用的是鲁特琴[③]。选择的曲目十分别致:《平沙落雁》《孔子读易》《思乡曲》。

宁远城由赵将军管辖,他个子高大,长相俊美。他一开始是自由军的首领,但是现在坚定地听命于政府。他不吸食鸦片也不酗酒。他是一名基督徒——尽管我不知道他属于哪个教派——也许这就是为什么他把自己的办公总部安置在已经废弃的浸礼会布道所里面。

在集市里闲转的时候,我们描述了这个事实,中国是由能够收集到的所有古老旋涡组成的。我们在丝绸商店驻足,在墙上贴着一张15年前的,因为年代久远而发黄的《纽约日报》,上面有一张拍有参加第一届普拉茨堡营地(Plattsburgh Camp)的一群男士的照片。他们中有罗伯特·培根(Robert Bacon)、约翰·普洛伊·米切尔(John Purroy Mitchel)等等。在一个杂货店,我们看到了瓷器上面印有一个穿着曳地长裙的女性,戴着皮手笼,围着长毛围巾,很显然是17世纪德国制造的物品。

3天前,我们才组织了一个骡队。早上我们把所有东西都留给了神父。传经布道的人们出来祝我们一路平安。在宁远逗留的日子是此行愉快的插曲,我们知道我们已经结交了3位好朋友。

尽管到达传教团的时候,我们感觉重返文明,有部分回到了外面的世界,但事实上绝非如此。城里没有电报,甚至于到最近的铁路投递邮件也需要10天到14天不等。

我们现在的目标是尽可能快地到达云南府。我们日复一日地从早到晚奔波着。我们最先到达安宁河的宽阔河谷,这个地方很可爱。树篱是大簇野玫瑰形成的,不是美国的那种野玫瑰,而是绽放着通身粉红嫩白的花朵。仙人掌伸展出来藏红花色的花朵。石榴树上热热闹闹地开着橘色的花朵。我看见在灌溉渠旁，有小姑娘们充当牧人，放牧一群小鹅，手里拿着竹子做的长把笤帚，把离群的鹅轻轻地赶回队伍里。

在"Kungtuying"住的那晚，我们被锣声吵醒。我们询问发生了什么事情时，方得知一伙强盗抢劫了一家住在外围的住户，带走了"一匹马，一头骡子和一只山羊"。

在艰苦跋涉了5天之后，我们到达了会理州（Hweili Chow），我们立刻就去找法国传教团，在那里，我们倍感失望和苦涩。没有任何邮件。由于某些错误，所有东西都向北被送往打箭炉。据邮政局长的说法，有些信件几天前才寄出。我们在4个月来一直会收到信件，然而我们收到的最后一封信的日期是12月底。安德朗（Andren）神父竭力鼓舞我们的士气，但是在那种情形下，他没有成功。

我们的行程现在正要穿过崎岖、落后并且人口稀少的地区。第二天，我们渡过扬子江，江面宽阔，江水湍急，因为泥沙的缘故，江水发红。虽然理论上讲我们应该还在旱季，但是雨水却连绵不断。我们横渡扬子江的那天，我们在天黑后才完成那段路程。攀爬脚下打滑的那座泥山是我最倒霉的经历。行人、骡子和马顶着遮天蔽日的暴风雨艰难前行，每走几步就会滑倒。看到一个黑魆魆跳蚤爬虫丛生的小洞可以让我们过夜时，我简直喜出望外。

日子过得飞快。骡队的长途跋涉速度令人叹为观止，它们的平均速度为每天30英里。我们在天色尚暗的拂晓出发，到了晚上才涌进那些小镇过夜。有个村子名字非常有趣，叫作"市马龙街"的，意思是"马和龙的市场"。我们没有找到后者，但是第二天，在几个小男孩的帮助下，在一个房间的泥墙上打死了一条大蛇——这是我此行见到的第一条蛇。

有一次，我们在爬山的时候，碰到了一位中国内地传教团的成员，欣克斯先生（Mr. Hinks），他带着妻儿去北方就任。令我吃惊的是他在和我们打招呼的时候，居然叫出了我们的名字。

第七天的早晨，我们的出发时间比往常更早一些。疾行了5个小时后，我们到达了一座比较低矮的山脊的顶部。我们眼前出现了云南府，远处是平静的湖汊。在经历了2,000英里的船行、步行和马背上的旅行之后，我们重新回到了铁路终点站。

美国领事，张伯伦先生（Mr. Chamberlain），非常仁慈，在他还有标准石油公司的佩奇（Page）和霍伊特（Hoyt）等先生的帮助下，我们得以顺利地安排好第二天的离程事宜。

之后就是探险的伤感时刻——与我们钟爱的人和动物道别。把3匹小马送给了朋友，他们保证会在未来的日子里善待它们。我们在晚上付了薪酬给我们的雇员，但是他们第二天早晨都到火车站上送我们离开。他们和我们共度了好几个月。我们一起在崇山峻岭的冬季寒风里瑟瑟发抖，一起在亚热带的湿热里热得喘不上气；我们还共同经历了丢失骡子到遇到土匪的各种惊悚时刻。现在我们又经历了有可能我们平生再也无法相见的痛苦。火车隆隆地驶出车站，在最后一瞥，我们看到的是宣、陈和周他们三人默然的身影。

我们在中国的探险告一段落。在印度支那的捕猎是另外一个故事，不幸和疾病会将我们原来的队伍四分五裂。

注释：

① 今大桥镇。——编者注
② 汉名包明扬。——编者注
③ 古琴。——译者注

附录 A

汉藏边界动物分布备注

在探险之前,我们遍访各大图书馆,尤其是以收藏旅行探险书籍而著称的那些图书馆。我们也钻研了不计其数的旧版图书的目录,但是,与我们即将造访的那个国度的大小事情的相关资料却少之又少。像以往一样,我们发现,位于伦敦市的佛明西斯·爱德华书店里面陈列的书籍数量最多。但是即便在那里也无法觅得我们想要寻找的足够信息。因此,也许从一个猎人的视角来看,记录那个国家的短暂经历是不可错过的。

毫不夸张地说,我们所穿越的川滇地区可以被视为冒险家的天堂。那些毫无经验或者不想花费极大的时间和精力的猎人,想在某个国家赚个盆满钵满绝对是痴心妄想。一名有经验的猎人,并不急于求成,然而他却可以斩获颇丰。而且他猎取到的每一种动物都将被证明具有极大的价值,都极有可能是某个新物种或新亚种。

第一份奖励是熊猫,它的学名是 *Aeluropus melanoleucus*,当地人称之为"白熊"。我们对于这种动物最乐观的判断是它分布在相当广阔的地域,但是只能在零星地带找到它。即使在那些零星地带,它的种群也从来没有繁盛过。它们栖息在海拔 6,000~14,000 英尺的竹林里。我们有把握推测,没有竹林就没有熊猫。当地人的消息需要经过仔细的核实,即使对某种动物做了详尽的描述,并给他们看过版画以后,我们也无法仰仗当地人的言辞来证实它在某个地域曾经出现过。有时候是因为对于动物毛色纹路的描述十分模糊，而且因为黑熊胸口上有白色月牙就把它叫作"白熊"。其他时候的错误信息也是夸大其词，不是为了提供令人愉快的消息，就是当地人在他们的谎言被揭穿之前赚点当向导的跑腿费而已。我们不相信任何人有关"白熊"出现的信誓旦旦的保证。"白熊"的确存在于某个地方，它的粪便容易找到，而且易于辨识。样子像鸡蛋一样，有 5~7 英寸长（成年大熊猫的粪便），主要由部分消化的竹笋构成。仅在穆坪和冶勒地区，经过坚持不懈的问询，我们确信"白熊"是确实存在的。

洛克博士告诉我们，在甘肃的当铺里，他听人提起过熊猫，但是彼时他没有见过熊猫毛皮，也没有时间去搜寻其踪迹。人们那些详尽的描述让他相信"白熊"是可以被找到的。由于数量稀少，加之受到"白熊"栖息地的自然环境所限，在捕猎中想射中一头"白熊"的机会十分渺茫。但是如果有几只上好的猎熊犬，想捕获它们也并非难事。

"白熊"无须冬眠。我们在棕熊和黑熊冬眠的地方发现了它们留下的新鲜印记。在我们射杀到的那只"白熊"居住的地方，那些黑熊还尚未从冬日的睡眠中苏醒过来。我们在白雪初霁的那个清晨发现了它的踪迹。那些爪印有些为白雪覆盖，经过四五个小时的搜寻，又发现了一度中断了的足迹，我们在茂密的丛林里追踪了 3 个小时，直到它的栖息地点。我们一看到它从一个巨大的杉树树洞中现身，就立即开了枪。

根据我们所掌握的知识，大熊猫并不是一种凶猛的动物，在射杀后，我们的克什米尔人发表评论说熊猫是一位欧洲老爷，也是一位绅士。在遭受射击后，它一声不吭，并没有像熊那样大吼大叫。在距离最近的中国村庄，大约 25 英里开外的地方，没有人听说过大熊猫，也没有见到过熊猫的毛皮。其他和熊猫相关的类似的这种情形不断地证实我们对大熊猫珍稀性的判断是准确的。

在云南北部和四川都能找到棕熊（也许是棕熊的一些亚种）和黑

熊。后者被当地人称为狗熊。我们经过的地区有大量的狗熊，那时候它们正在冬眠。人们告诉我们那些狗熊在12月就钻到洞穴里，到来年5月或6月才出洞，出洞时间根据它们的居住地不同而有所差异。我们看到许多以前留下的痕迹，也采信了当地猎人所说的捕猎狗熊并非难事的说法。1月22日那天，贾法尔·锡克没有看到，也没有想到过他在甸尾附近看到一头狗熊。猎人们无法解释为什么它们这么晚才出来。我们经常看到用熊皮做成的外套或毯子。在喇嘛庙，常常可以看到用熊头做成的面具。喇嘛们在跳恶魔舞时使用它们。

棕熊，当地人称之为马熊，数量上远不如黑熊那么多。但是我们在好几个喇嘛庙里看到用它们的头皮制作而成的面具，同时它们也被喇嘛们售卖。这种动物栖息在附近的森林里，我们也看到相当数量的熊皮，据我们所知，这种熊皮还从来没有被收藏过。在我们读过的资料里，关于这种动物的情形从未被人提及。我们知道在四川以南没有这种动物。当地人害怕它，毫无疑问地讲，对伐木人而言，它是不受欢迎的客人。看情形，它的品种不止一类。对博物馆而言，品相完整的一套更具有价值，同时也值得更仔细地科学研究。它们的品种根据毛色很容易区分开来，有一些淡得发褐，以至于当我们询问"白熊"时，当地人觉得我们问的是棕熊。需要提及的是，1925年我们在天山射杀的两头熊，其中一头是深色的，而另外一头是淡黄色的。

羚牛（*Budorcas tibetanus*）在我们之前狩猎的好几个地方都有踪影，当地人称之为野牛。洛克博士在云南剑川州西边的山里看到过一只。我们第一次亲眼看到有关它们的可靠信息，已经是4天后我们在麦地龙横渡雅砻江的时候了。在打箭炉我们见到了它们的头颅和皮毛。在穆坪附近，它们不是很常见。我们觉得2月份也许是捕猎它们的最佳月份，因为那时候在雪地里能够更轻易地追踪它们。在九龙，我们偶遇了一个在闲逛的彝族人，他说他知道有一座叫作"Yung Shuei Ting"的山，意思是咸井山（Salt Well Mountain），在那里可以找到数量众多的羚牛，而且我们肯定可以走到那里。他说那座山有7个长途跋涉那么远，但是他准备和我们搭伴同行，而前提是我们要保证他不受不友好的彝人的伤害。时间紧迫，我们无法利用这次机会。我们觉得他口中所说的山肯定在冶勒附近的某个地方。

在我们沿途经过的所有地方，冶勒是羚牛的最佳栖息地。在那里，只要有时间，一个好猎手完全可以指靠羚牛谋生。我们还总是发现当地人极其崇拜羚牛的战斗能力，并认为它们战无不胜。

黑鹿（sambhur，学名 *Cervus unicolor Dejeani*）居住范围很大，直到我们离开八莫到达宁远，我们也还没有走出黑鹿的栖息范围。中国人把所有大型的鹿都叫作马鹿。在这个地域生活的任何一种黑鹿都会引起科学家们的极大兴趣。因为从我们发现海拔高度由4,000英尺逐渐升高到14,000英尺，黑鹿的体征也会随之发生变化。我们看到的大多数的鹿角长得既长又异乎寻常的巨大。这种鹿会不定期地脱落鹿角，我们射杀的牝鹿毛色很深，几乎成了黑色。

当然在这个地方也有大型成年鹿。但是我们搜集到的牝鹿十分稀少，以至于人们都无法确认它们是什么。诚然，就我们而言，只知道欧洲人曾经射杀过牝鹿。它们的活动范围不像黑鹿那样一直延伸到了南部。当地人说有两种鹿，但是这有可能只是它们的毛有多种颜色而已。有时候，它们被归类为麋鹿（wapiti），而有时候则被归类为克什米尔泽鹿（Kashmir barasingh）的亚种。

麋鹿（*Cervus songaricus*，马鹿），我们第一次听到它的名字是在打箭炉南部不远的地方。就在那个镇子，我们看到了有生以来见过的数量惊人的鹿角。在打箭炉，鹿角被叫作角（ghwar）。我们很难判断那些鹿角的确切产地，有相当数量的鹿角也许是从西藏陆陆续续带回来的。在中国人设立的这种商店里面，鹿角是被当作药材使用的。令人吃惊的是，没有任何一种鹿可以逃脱魔掌。当地人在雪地追踪它们，或者组织围捕它们，或者放狗追逐它们。陈放在天鹅绒上的鹿角最为珍贵。我们

附录 A

从未感觉到那个地方有为数众多的麋鹿。在公益海我们捕猎大熊猫的时候，有一位老人，被认为是当地最好的猎人，曾经目击过他行猎的人告诉我们，每一年他会捕到一只麋鹿。这当然不能证明麋鹿数量巨大，在这里或在那里，它们看上去都会绝对准时地脱落鹿角。我们在打箭炉看到的那些，肯定代表着它有许多种类或亚种。还有许多类似于将四川和附近地区的牡鹿进行分类的先期工作等着我们去完成。

我们在打箭炉还看到了狍（roe deer，学名 *Capreolus pygargus*）的角，但是不知道它们确切的产地在哪里，也从未在我们狩猎的地方听说过有这种动物。这种狍和我们在天山地区射杀的狍属于同一类。在那里这类狍子倒是很多。

麝（musk deer，学名 *Moschus moschiferus*）分布范围很广泛。它们的产地很多，然而人们总是千方百计地捕杀它们也是不争的事实。当地人几乎都是使用狗来追捕它们——麝香有良好的市场——而且它们的长牙也作为装饰品被广泛使用。当地人把这种鹿称为麝。

赤麂（barking deer，学名 *Muntiacus Lacrimans*）也时常出现。因为没有什么特别的经济价值，这种动物并没有像麝那样受到极大的骚扰。在整个旅程中，我们总是看到麂鹿群。当地土语称其为黄牙子。

喜马拉雅羊或青羊（burrhel，学名 *Pseudovis nahoor*）是我们将要离开木里地区时才第一次听闻。当地人把它叫作盘羊。我们看到了它的头颅和羊皮。而且我们被告知，如果我们愿意冒险偏离我们预定的路线走上一两天的话，就可以看到大批喜马拉雅羊。它们栖息在海拔14,000英尺高的地方。除此之外，我们听说在打箭炉以北约莫有两天行程的地方，在穆坪附近也有。它们也许在冶勒附近的山里栖息，但是我们在那里没有见过这种羊的皮或者角。

鬣羚（serow，俗名山鹿）、斑羚（ghoral，俗名岩羊），在我们经过的地方，这两种动物的踪迹在所有的山里都时有传闻。我们经常看到它们的头颅和皮毛。我们只见过一次活体鬣羚，见过两次活的斑羚，当地人用狗来追捕它们。它们都是山区的动物，狗经常把它们追赶到岩石的角落或者不能攀登的峭壁处。它们可以好好利用自己的角，狗们经常会被羚角刺伤甚至直接戳死。

猫科动物也是很好的代表。从大型矫健的猎豹到比家猫大不了多少的带斑点的猫。和任何其他地方一样，这里很难看到它们，如果要捕获它们，必须使用猎犬或者挖陷阱。

在高一点的地区也有狼。尽管我们没有亲眼见过狼，但是我们见过它留下的印记。在我们旅行的几乎所有的野外地区，都会见到野猪。

交通方式有多种。一名优秀的骡夫，对当地十分熟悉，可以把骡子带到许多地方，而蹩脚的骡夫只会坚持让脚夫搬运。除非到了那些骡子无法下脚，而且到了危险的困境的时候，最好雇骡子而不是购买骡子。当然了，能够拥有自己的行李运送队是最好不过的，但是对于那些骡夫而言，如果牲口不是自己的，想让他们精心照看牲口是难上加难的。一旦你走出他们熟悉的领地，你一定会发现雇用当地人会极其便当。除此之外，雇用永远比购买便宜得多。雇用的价格因不同的地方和地质条件而异。我们雇用的骡子价格是一天30分到60分金币不等。

毋庸置疑的是，装备越轻便越好。几只骡子容易获得，然而在有的地方找到大量的骡子是不可能的。

小型旅行队很容易集结和驻扎。在许多地方不能保证大型旅行团队的草料和食宿问题。当然了，绝大多数的骡夫，会尽可能地在村庄停宿，这样的话人们就无须使用帐篷。但是真正到了打猎的场所，或者穿越贫瘠的地方，小型而且结实的帐篷就十分有用。骡夫和当地人经常不用这些东西，但是外国人会发现条件非常不舒适。

我们对此次行程毫不后悔，因为这片土地总是会带给我们极大的乐趣。但是如果我们事先已经了解了很多，我们觉得我们可以更好地利用时间，应该从云南府进来，直接去冶勒。实际上我们只能从经验中获得。如果一个人负担不了走得更远一些，他可以发现那就是一个最有趣的打猎场所。然而，最有价值的经历是穿越冶勒到九龙的那一段没有被探索过的地域。在那里打猎，可以盘桓一周或者更长的时间。从那里，人们可以前往打箭炉之后去穆坪，顺着扬子江直下成都或嘉定。这样似乎可以投入最大的兴趣，并在最少的时间内有机会获得最想要的结果。这是一次充满无数艰辛的行程，11月到次年5月应当是最适宜的时间。在雨季旅行是让人不愉快的艰难历程，绝大多数情形下打猎成功率都不很理想。

附录 B

在阅读下列行程时，必须在脑子里有这样的认知——距离只是个近似值，我们到达的地方是估算出来，并且经过询问后才得到的。在将汉语地名翻译成为英语的时候变化多端，仍有商榷的空间。我们使用的是：(1) 中国邮政指南，上海，1921。(2) 亚洲 1 : 4,000,000，英国作战部，1926。当地名没有出现在上述其中任何一本资料里的时候，我们采用了我们的翻译杰克·杨给出的名字，他对两种语言都很精通。

英里数	停靠地	日期	海拔（英尺）
15	Little Bhamo 小八莫	12月26日	
15	Khalongkha 卡龙卡	27	
17	Nawphra Yang[①]	28	
17	Manhsien 芒县	29	
18	Hsiahsinkai	30	
17	Kanai	31	
24	Natien	1月1日	3,400
17	Hsiao Hoti	2	
8	Tengyueh 腾越（腾冲）	3	
17	Kanlanchai 官龙寨		5,300（pass 8,100）
16	Hsmushu 西姆树（石亩河）	6	
15	Fangmachang 放马场	7	

续表

英里数	停靠地	日期	海拔（英尺）
19	Yungchang 永昌（保山）	8	5,500
18	Hsuichai 水寨	10	
10	Shanyang 杉阳	11	
18	Yungping 永平	12	
19	Lachudi 蜡烛地	13	
18	Taipingpu 太平埔	14	
14	Yungpeh 漾濞	15	
18	Hochiangpu	16	
24	Talifu 大理府	17	
24	Tengchwan 邓川	20	
25	Niukai 牛街	21	7,100
18	Tienwei 甸尾（甸南镇）	22	
22	Paochiao	23	
18	Likiang 丽江	24	
15	Camp 营地	26	
8	Camp 营地	27	
15	Camp 营地	28	10,200
18	Camp 营地	29	10,300
15	Camp 营地	30	12,200
16	Fengkow 奉科	31	6,100
16	Mountain Hut 山间茅舍	2月1日	10,250
20	Yungning 永宁	2	9,500（pass 12,300）
14	Lijudsa	5	
14	Gobboh Mountain	6	11,500
21	Muli 木里	8	
16	Shikang 西康	9	12,000
18	Yuanhsueh	10	12,800
15	Taiye	11	14,800
14	Nokchu	12	14,400

续表

英里数	停靠地	日期	海拔（英尺）
20	Reddu	13	12,300
8	Metilong 麦地龙	14	7,500
6	Erh Ar	15	9,400
19	Bedung 巴底	16	（pass 17,500）
17	Paumong	17	10,500
20	Camp 营地	18	14,000
15	Kymo	19	（pass 16,000）
3	Chiulung 九龙	20	
6	Wupaoni	21	13,400
18	Erh Tar	22	
19	Sambagah	23	13,600
20	Camp 营地	24	14,400
30	Camp 营地	25	
16	Tatsienlu 打箭炉（康定）	26	
10	Village 村庄	3月1日	
12	Dzongju	2	
22	（返回）Tatsienlu 打箭炉	4	
5	Small Inn 小酒店	6	
16	Waszekow 瓦斯沟	7	
18	Lutingkiao 泸定桥	8	4,800
25	Small Inn 小酒店	9	6,400（pass 10,500）
15	Schwi Taping	10	4,400
16	Shinshitau	11	（pass 6,800）
17	Tienchuan 天全	12	2,800
27	Lingkwan 灵关	13	2,500
15	Muping 穆坪	14	3,500
17	Kaiyang 开阳	16	4,500
14	Camp 营地	18	6,700
6	Luchingsha 泸定峡	19	8,000

续表

英里数	停靠地	日期	海拔（英尺）
20	（返回）Muping 穆坪	26	
15	LingKwan 灵关	27	
16	Lushan 芦山	28	
22	Yachow 雅州	29	2,400
18	Maliuchang	30	
19	Wanglipu	31	4,000
18	Tsingkihsien 清溪县（汉源县）	4月1日	（pass 9,600）
20	Fulin 富林	2	2,700
17	Susimbah 苏村坝	3	
21	Tzetati 紫打地（安顺场）	4	
7	Sinchang 新场	5	
12	Tsalo 擦罗	6	
10	Kooing Ma 公益马	7	
8	Kooing Hai 公益海	8	
16	Litzaping 栗子坪	11	
14	Yehli 冶勒	12	
24	Tachow 大桥（大桥镇）	16	
32	Lokow 泸沽	17	
32	Ningyuan 宁远（西昌）	18	
24	Hwangshuitang 黄水塘	22	
23	Hsiaokaochiao 小高桥	23	
25	Kungtuying	24	4,300
23	Paikuowan 白果湾	25	7,200
21	Hweilichow 会理州	26	
30	Tunganchow 通安州	27	
27	Tsalashu	28	
24	Tsibanlo	29	7,800
25	Lohaitan	30	7,000
33	Shimahlungkai 市马龙街	5月1日	

续表

英里数	停靠地	日期	海拔（英尺）
34	Village 5 miles beyond Fumin 富民5英里外的村庄	2	
21	Yunnanfu 云南府	3	

注释：

① 部分地名难以译出，原文呈现。下同。——编者注

索 引

Abbot, the Prince, 83, 85, 86; residence of, 84
Abyssinia, Suydam Cutting in, 6
Aden, stop at, 19
Æluropus melanoleucus; see "Panda"
Africa, 204; ratel of, 150; French Mission in, 251
Aju, 130, 138, 201
A-ju, a cheerful Nashi, 75
Alps, the, 93
American Consul, Mr. Chamberlain of the, 257
American Geographical Society, the, 8
American Museum in New York, interview at the, 13
Amning Ho, valley of the, 255
Amning River, location of the, 248
Andren, Father, 256
Andrews, Doctor, 136
Andrews, Mr., of the Pentecostal Mission, 73 ff.; birthplace of, 73; hospitality of, 73
Andrews, Roy, 78, 144
"Andy Hartigan's bobbery pack," 163
Angola, considered for trip, 2
"Arabia Deserta," Doughty's, 194
Arabs, the, 129
Argentina, the olla podrida of, 36
Asia, 2; worshipping in, 109
A'Souza, 221, 236; lodge of, 227, 228; celebration at lodge of, 228
Assam, Naga Hills in, 6; Suydam Cutting in, 6; Herbert Stevens in, 7
Atunza, 111
Aziza, brother of Lusu, 23
Azizo, 65

Baber, 27, 56
Bacon, Robert, 255
Ballard Pier, arrival at, 21
Ballygunge, 21
Baptist Mission and Hospital of Yachow, 191
Baptist Mission, the, 254; expedition put up in Tien Chuan at, 153
Baudry, Monseigneur, 252; a Bishop, 251
Bedung, expedition in, 114; worship in, 115, 116.

Bei Shung, Chinese name for panda, 183, 184
Beishung, a, 211, 222, 223, 224
Belloc, Hilaire, 129
Benedictine, 203, 207, 211, 217
Bengal, Bay of, 2
Bhamo, 106, 200; location of, 24, 25; roads to, 26
Bhamo-Talisfu trail, location of the, 3
"Big Game of Western China," Wallace's, 134
Bocat, Father, 202
Bombay, 23; day spent in, 21
Bombay Natural History Society, progress of the, 21
Borneo, considered for trip, 2
Boston, Doctor Ralph Wheeler of, 7; Harold Coolidge of, 7
Bowman, Doctor Isaiah, 8
Brahmaputra River, the, 2
Brazil, Anthony Fiala with President Roosevelt in, 10
Breteuil, 251
British Foreign Office, the, 7
Brooklyn, Russell Hendee of, 7
Buddha, Statue of, 121
Buddhist Wheel of Life, painting of the, 99
Buddhists, 95
Budocras taxicolor, see "Takin"
Burma, 3, 34, 57, 78, 192; expedition passing through, 21
Burma Corporation, the, 23, 24
Bwa, San, 35

Calcutta, 12; expedition entrains for, 21; Jack Young in, 22
"Canadá!" 131
Central Asia, 129
Central Asian Expedition in 1925, 23
Central Government, the present, 57
Ceylon, French Mission in, 2
Chalu family, of Tatsienlu, 158
Chamberlain, Mr., the American Consul, 257
"Chang," Kru as hero of film, 11
Chang Chi Pa, 87
Chang Ta Li, as Lord of the Marches, 99
Chang the Stutterer, 87.

Chengtu, 130, 158; government of, 162; capital of Szechuan, 199
Chess, popularity of, 193, 194
Chicago, Jack Young takes course at Museum in, 12
Chile, Navy of, 25, 26
Chin, 258
Chin Tso Lin, 76, 79, 80, 84, 88, 106; description of, 107, 108
China, 161; eye trouble in, 50, 51; general improvement through National Government in, 51; gods in, 94; French Mission in, 251
China Inland Mission, the, 62, 132
Chinese Age of Chivalry, Szechuan during the, 189
Chinese, as official language, 11
Chinese Catholic Mission, in Luku, 247
Chinese Christian Mission, the, of Muping, 159
Chinese Inland Mission, the, 257.
Chinese inns, 32
Chinese New Year, 100
Chinese Paul Reveres, 163
Chinese women, description of, 33, 34
Choo, General, 254
Chow, 258
Chow Tze Kow, a catechist, 253
"Christmas Day on the River," 25
Chuagking, Mason Mitchell as American Consul in, 133, 134
Chuilunf, 127, 138, 145; expedition reaches, 119 ff.; as inspector in Szechuan, 119
Clerk, Vivien, Deputy Commissioner of Bhamo, 25
Cleveland, 73
Cochrane, Admiral, 25
Coffins, elaborate Chinese, 28, 29
Complete Heaven, meaning of Tien Chuan, 154
"Confucius Studying," 254
Constantinople, 244
Coolidge, Harold, selection of, 7; in Africa, 7, 8
Cooper, Merion, 27; in Upper Siam, 12
Crim, a, in the Meking, 55; description of a, 56
Crook, Doctor, 191, 199; aid of, 196
Crossoptilus Tibetenum, 142
Cuff, Sergeant, 185
Cunningham, Doctor and Mrs., 132, 133, 135, 136, 144
Cutting, Suydam, 21, 23, 28, 36, 41, 45, 59, 60, 71, 85, 86, 92, 99, 100, 104 ff.; 110, 112, 120, 135, 140, 143 ff.; 151, 160, 171, 174, 181, 202, 204, 247, 250; in Abyssinia, 6; in Assam, 6; gifts taken by, 10

Dalai Lama, the, 7
Davenat, Père, grave of, 139

David, Père, 3
de Guébriant, Monseigneur, 251
Deborah, quoted, 57
Delacour, M. Jean, 16
Dje, Bolung Chu, 85
Doe, Theodore Roosevelt shoots, 125
Dogs, fierceness of, 128, 129

Eastern Tibet, 21
"Eaves of the World," the, 78
Edwards, Milne, 140
Egremont, freighter, 22
Elephant's Neck, or Hsiang Po, 44
England, 161
Everyman's Library, the, 194
Eyre, Jane, 194

Farrer, Reginald, 78
Fengkow, 80, 81
Fiala, Anthony, 10
Field Museum of Natural History, 5, 30
Field, Stanley, 5
Flahntez, Father, 202
Forge of the Arrows, the, 132
Forrest, botanist, 78
France, 136
French Fathers, the, 136
French Mission, the, branches of, 251
Fulin, arrival at, 200; Catholic Mission at, 202

Ganesha, 94
Gao Chang Ta War, 180
Gate of Tears, the, 19
George the Gentleman's coffee, 187
Gill, Captain, 27
Girandeau, Père, 136
God of the Mountains, Shang Shen as the, 148
Goddess of Earth, Tu Dei as, 148
Golden Monkey, the description of, 4
Golden monkeys, nine shot and skinned, 173, 174
Golden Mountain, the, 245
"Good King Wenceslaus," 25
Gooral, scarcity of, 4
Great Expectations, 194
"Great Expectations," Dickens, 124
Great Lord of Luna, 59
"Green Mansions," 195
Gunga Din, 50

Han dynasty, Sczechuan as stronghold of, 189
Hanna, Doctor, 194
Hanna, Mr. and Mrs. W. J., 62, 65; information given by, 63, 64
"Happy Valley," of Rasselas, 36; Chinese soldiers from Tengyuth in, 37, 38
Heller, Edmund, 78
Hendee, Russell, selection of, 7
Himalayas, the, 93; rivers in the, 2

索引　　　　　　　　　　　　　　　　　　　　　　　203

Hinks, Arthur, 16
Hinks, Mr., of the Chinese Inland Mission, 257
Hippocrates, 15
Hiram, 113
Ho Hu, the, 62
Homeric, expedition on the, 15
Homushu, night spent at, 44
Hoover, Herbert, Colonel Theodore Roosevelt, during presidential campaign of, 6, 15; news of new Cabinet by cable to expedition, 185
Horatius, sword of, 59
Hotei, 73
Hou, General Wu, 132
Hsiangpo, 44
Hsuen, 76, 106, 141, 146, 159, 162, 165, 170, 174, 175, 187, 188, 196, 202, 206, 207, 211-220; 228, 236, 241-244; 249, 250, 258; description of, 108; as the Wildgrave, 151
Huan, 176, 179, 187
Huanglinpu, 58
Huc, Abbé, 132; "Voyage dans la Tartarie" by, 195
Hweilichow, 256

Imperial University, Tao at, 36
India, 94
India House, 78
Indian Survey, kindness of officers of, 22
Indo-China, 2, 195; Herbert Stevens in, 7, 31
Innes, Sir Charles and Lady, 23
Interpreter, difficulty in finding an, 11 ff
Irrawaddy Flotilla Company, the, 25
Irrawaddy River, the, 2

Japan, 161; Hater of, 73
Jats, battalion of, 24
"John Company," rupee, 138
Jong Tsen, 109
Jumblies, the, 81
Jungking, iron mines in, 196, 197

Kachins, as warlike race, 30
"Kali Bhutnis," or "Black female devils," 187
Kanai, arrival at, 35
Kansu, province of, 78; Roy Andrews shot takin in, 134
Karachi, 23; Jack Young in, 22
Karnak, 110
Kashmiris, 65; as Mohammedans, 187
Kathá, train journey to, 24
Kelley-Roosevelt-Field Museum Expedition, organization of, 5, 6; volunteers for, 13
Kelley, William V., 5
Khalongkha, stop at, 28
Kiatingfu, 192
Kienchwanchow, prosperity in, 72
Kirghiz, the, 125

Kong-lin tribes, the, 95
Kooing Hai, beauty of, 210
Kooing Ma, 207, 208, 210, 217
Korea, 144
Kru, attempt to enlist as interpreter, 11, 12; with mission in Yunnan, 12
Kulu, 96, 103
Kungtuying, 256
Kurdish hammals, 146
Kyi, Chwin Yin, 40

Lachudi, arrival at, 58
Ladak, 121
Lady Amherst, a species of pheasant, 4, 162
Lamas, 83-86; 135, 139
Lamasery, the, of Yungning, 83, 86, 88; return to the, 85
Le Bonetti, Père, 251
Le Clerc, Sergeant, 185
Le Mercier, Père, 251, 252
Lebanon, 113
Les Missions Etrangères, 251; members in Great War, 252
Lhasa, British Expedition in 1905 to, 16
Lhasa Gate, the north, 139
Likiang, 65, 66, 73, 78, 84, 87, 128, 193; Hsuen born in, 76
Lin, Chin Tso, 27, 40, 41
Lingkwan, expedition reaches, 156; description of, 156
Litzaping, arrival at, 217
Lokow, 248; arrival at, 247; Chinese Catholic Mission in, 247
Lolos, 71, 89, 117, 118, 198
London, expedition in, 16; Rowland Ward in, 134
Lone, Mokhta, 20, 90, 181, 225, 222, 233, 277
Lord of the Manor, the, 236
Lord of the Marches, Chang Ta Li as, 99, 101
Lord Rothschild's Museum at Tring, 31
Lovegren, Mr., of the Baptist Mission, 192
Low Yih Wen, 180
Luchingsha, 165, 185; arrival at, 185, 186
Lushan, arrival at, 189; description of, 190
Lusu, 55, 81; at Ballard Pier, 21
Lutingkiao, 147, 148, 149
Luzon, 75, 106, 113, 128, 130, 138, 201; description of, 107; assistants of, 131

Ma, the head muleteer, 48
Magistrate, the, of Tatsienlu, 136, 137, 144
Mah-jong, popularity of, 193
"Making of a Monarch," the, 38
"Mammifères de l'Asie Centrale," Milne Edwards', 140

Mandalay, visit with O Ah Wain in, 23, 24
Mandeville, Sir John, 64
Mantza, 71
Maralbashi, 55
Marco Polo, 49
"Market Place for Horses and Dragons," or Shih Mah Lung Kai, 257
Marseilles, expedition in, 17, 18; description of, 18
Mason, Major Kenneth, 22
McNeill, 3
Mecca, 244
Medd, Captain G. H. M., 25, 26
Mekong, expedition crossing the, 55; a Crim in the, 55
Mekong River, the, 2
Members of party, selection of, 7, 8
Mesopotamia, 204
Metilong, 112
"Mex," 61
"Mickus," a song, 106
Mienninghsien, 247
Minchia, 70, 71
Min River, the, 120
Mishmi Hills, Captain Kingdon Ward in the, 20
"Mishmi Hills," the, 27
Mission Etrangère, in Ningyuanfu, 39
Mitchell, John Purroy, 255
Mitchell, Mason, 4; as American consul in Chingking, 133, 134
Mohammedans, the Kashmiris as good, 187
Mooka, a Lolo guide, 204, 210, 222
Morgan, Mervyn, visit at home of, 21
Mount Gibboh, 92, 93
Mount Koonka, first glimpse of, 129, 130
Mount Mitsuga, 94
Mount Satseto, 73
Mozos, 71
"Mu Tien Wong," 94
Mukta, 239
Muli, 96, 99, 186; double march for, 93; description of Kingdom of, 94; expedition leaving, 117
Muping, 144, 150, 155, 163, 215; arrival at, 156, 157; description of, 158 ff.; Chinese magistrate in, 158; Chinese Christian Mission of, 159; Chinese temple in, 160, 161; visit with widow of Tibetan prince from Tatsienlu, 162; method of fishing in, 163, 164; panda in, 183; return to, 186; chess played in, 194

Narkunda, expedition on the, 19
Nashi, 71
New York, India House in, 78
Nhambiquara Indians, in South America, 149
Ningyuan, 236, 244, 248, 250, 254, 255, Fathers at, 252; Sisters at, 253; Manchu's family in, 253
Ningyuanfu, Mission Etrangère in, 39
Niukai, Ox Village, 68
Nirvana, 97

"Omoo," 195
"Once in Royal David's City," 25
Ovis Poli, 5
Oyster Bay, 1; Christmas Eve reminiscences of, 25
Ox Village, Niukai, 68

P. & O. Line, the, 19
Pamirs, last expedition to the, 1
Panda, the giant, 133, 141; description of, 3; scientific name of, 3; original discovery of, 3; diet of, 184; sighted and shot, 225
Paris, expedition in, 16
Pasteur, Father, 136
Pax Britannica, attempt to introduce in hills of Upper Burma, 30
Peel, Lawrence, 39
Peking, 138
"Peking to Mandalay," 28
Pentecostal Mission, the, 73
Pereira, General, 3, 76, 150; drink to health of, 230
Pied Piper, 75
"Pilgrimage to Mecca," Burton's, 123, 124
"Pilgrimage to Medina and Mecca," Burton's, 194
"Pirates of Penzance," 47
Pisa, Tower of, 118
Poole, Stanley Lane, 194
Port Said, arrival at, 19
"Pride and Prejudice," 195
Pu, General Kuan, 189, 190
Punjabis, battalion of, 24
Pytheas, old Greek explorer, 17

"Rainbow Bridge," the, 78
Rangoon, 21, 53
Rasselas, "Happy Valley" of, 36; Chinese soldiers from Tengyueh in, 37, 38
Reddu, 110, 111, 113
"Revolt in the Desert," 194
River of Doubt, the, 29
"River of Golden Sand," 27
Rock, Dr. Joseph, botanist, 78, 83 ff.; 129; meeting with, 84
Rocky Mountain goat, 91
Roosevelt, Daniel S., letter from, 13, 14
Roosevelt, Kermit, 1, 5, 8, 11, 42, 45, 53, 59, 62, 99, 106, 108, 111, 112, 117, 120, 122, 160, 164, 170 ff., 202, 232, 235-238, 244, 245, 248
Roosevelt, Theodore, 36, 71, 81, 89, 92, 140 ff., 150 ff., 196, 202, 214, 222, 225-229
Royal Geographical Society, The, 16; Gold Medalist of, 22

Rupee, "John Company," 138

Sadiya, 21
Sagamore, reminiscences of, 221
Saint Christopher, 139
"Salt-water Well," 119
Salween, the, 55
Salween divide, 46
Salween river, the, 2
Salween valley, description of, 46; the Shans in, 46
Sambhur, McNeill's stay in the, 4
Satseto, Mount, 76
Senegalese, in Marseilles, 18
"Sense and Sensibility," 195
Serow, scarcity of, 4
Seventh Day Advent Mission, Doctor Andrews of the, 136
Shan, Christian, Kru as a, 11, 12
Shang Shen, the god of the Mountains, 148
Shans, the, 50; description of, 33
Shayang, expedition in, 56
Sheikh, Gaffar, 20, 35, 71, 91, 124, 143, 178, 227, 241
Sheikh, Jemal, 20, 21, 23
Shih Mah Lung Kai, or "Market Place for Horses and Dragons," 257
Shomburgk deer, location of, 5
Siakwan, 61, 64
Sikhs, battalion of, 24
Sikkim, 21; birds of, 31
Sin Chang, 202
Solomon's Temple, 113
Somerset, 73
Song Ja, a statue of Buddha, 121
South America, Nhambiquara Indians in, 149
South Kensington Museum, visit to the, 16
"South of the Clouds," or Yunnan, 48
Spence, Sir Reginald, 21
Springfield rifles, chosen, 8; description of, 8
Stambul, Kurdish hammals in, 146
Standard Oil Company, the, 257
Stevens, Herbert, 65, 73, 79; selection of, 7; as tea planter in Assam and Darjeeling, 31; search parties organized for, 35; expedition says good-by to, 40
Sun Yat Sen, Doctor, 161
Supplies, purchase of, 8 ff
"Swans Flying over the Rapids," 254
Sweli divide, the, 41, 44, 46
Szechuan, 21, 146; giant panda in, 3; pheasant in, 4; Captain Gill's adventures in, 27; during Chinese Age of Chivalry, 189; as stronghold of, 189; Chengtu as capital of, 199

Tachow, 238, 241; arrival at, 242, 247

Takin, the, 133, 141, 233–235; description of, 4; scientific name of, 4; in American Museum, 134; shot in Kansu by Roy Andrews, 134
Tali Lake, 61, 62, 67; description of, 66
Talifu, 40, 72, 80; the General from, 68, 69; mah-jong in, 193
Tao, Philip, 35, 37, 42; family of, 36, 37; at Imperial University, 36; habits and description of, 37
Taping River, the, 27
Tatsienlu, 31, 40, 74, 81, 85, 130, 132, 135, 139 ff., 183, 190, 195, 198, 202, 239, 256; expedition near, 129; as meeting-mart, 134; population of, 134; the Magistrate of, 136, 137; currency in, 138; Ladies' Day in, 140; river craft below, 147; Chalm family of, 158; chess played in, 193, 194
Temple of Hell, the, 188
Tengchwan, expedition in, 67
Tengyueh, 31, 65; roads to, 26; Commissioner of Customs at, 39; expedition two days from, 39
"The Foreign Mandarin Leaving for His Home with Music," 254
"The Mickus," 86
"The Moonstone," 195
"The Old Curiosity Shop," 195
"The Place of the Candle-Makers," 58
The White Company, 194
Tian Shan, 125, 219
Tibet, 3, 134, 146, 158; requests for permission to cross, 7; Eastern, 21; antlers from, 195
Tibetan Board of Trade, the, 136
Tienchuan, 150; expedition reaches, 153; meaning of name, 154
Tienwei, 69; description of, 71, 72
Tokyo, Imperial University in, 36
"Tori Sahib ka Kahwah," 187
"Travels of a Pioneer in Commerce," 27
Tring, Lord Rothschild's Museum at, 31
Tsalo, 201, 207; description of, 205; dice-throwing in, 193
Tsao, 80, 84
Tsiemei Kwa, 218
Tsingkihsien, 197; importance of, 198
Tu Dei, as Goddess of Earth, 148
Tung River, the, 200
Turkestan Pamirs, the, 129
Tzetati, 200; march of, 201

Ultima Thule, 17
United States Army, Magistrate of Muping inquiry about, 161
University of Michigan, Josslyn Van Tyne of the, 7
Uru Chang Yeh, 180

Valentin, Father, 136

"Valley of Death," the, 46
Van Tyne, Josslyn, selection of, 7
Vernay, Arthur, dinner given by, 16
Vestris, SOS from the, 16
Vooka, 227-229, 236, 237
"Voyage dans la Tartarie," Abbé Huc's, 195

Wain, O Ah, visit with, 23, 24
Walden, 194
Ward, Captain Kingdon, 20, 78
Ward, Rowland, 134
Waszekow, 145
Water mills, description of various, 54
Watto, monastery of, 110
Wheel of Life, 101
Wheeler, Doctor Ralph, selection of, 7
Wike, Maung, 24
Wildgrave, Hsuen as the, 151
Wilkinson, Mr., assistant to Lawrence Peel, 39; aid from, 39
Williams, Major, 24
Wilson, Ernest, 3, 150
Wolar Lake, 23
Wu, Doctor Chao Chu, 7

Yachow, 144, 186, 194, 196; cables from, 185; Jack Young at, 188, 189; regret at leaving, 195, 198
Yachow Fu, arrival at, 191; Baptist Mission and Hospital in, 191; chess played in, 194

Yalung valley, expedition in the, 111
Yangtze river, the, 2, 76; crossing of the, 256
Yangtze valley, the, description of, 80
Yea gnu, see "Takin"
Yelhi, 239, 240; advice to go to, 218; start for, 218
Young, Jack, 22, 42, 53, 54, 94, 100, 104, 130, 143, 174, 202, 247; description of, 12; accepted as interpreter, 12; takes course at Chicago Museum, 12; waiting at Luchinsha, 185, 186; at Yachow, 188, 189
Younghusband, Sir Francis, 16
Yung, 56
Yung Shuei Tung, 118, 119
Yunanese, as muleteers, 27
Yunanese Billingsgate, 49
Yungchang, 54, 62, 202; effort to reach, 47; description of, 49, 50; description of Tibetans in, 52; call on magistrate in, 53
Yungning, 78, 121, 129; the Lamasery of, 83; peasants of, 87
Yungpeh, 59, 60
Yunnan, 3, 78, 153; Captain Gill's adventures in, 27; expedition in province of, 21, 22
Yunnanfu, 252, 255, 257

Zappey, 3